La Bible

Job
Livre de Job

Traduction
de Pierre Alferi et Jean-Pierre Prévost
Introduction et notes
par Jean-Pierre Prévost

Gallimard

Ce texte est conforme à celui paru dans *La Bible Nouvelle traduction* aux Éditions Bayard en 2001.

AVERTISSEMENT

ALLIANCE ET NOUVELLE ALLIANCE

Les titres d'«Alliance» et de «Nouvelle Alliance» traduisent ceux, traditionnels, d'«Ancien Testament» et de «Nouveau Testament». Nous avons voulu rappeler l'autonomie des deux Alliances et souligner la continuité de l'une à l'autre et leur complémentarité.

TRADUCTION

Les livres de l'Alliance sont traduits d'après le texte massorétique (abrégé en TM). Les «massorètes» sont ces experts juifs qui, du VIe au Xe siècle ap. J.-C., ont cherché à fixer le texte consonantique de la version hébraïque en usage dans les communautés juives des premiers siècles.

Le texte massorétique est à l'origine des grandes traductions critiques de l'ère moderne. Nous le suivons, en dépit des obscurités et des difficultés qu'il présente, réservant aux notes la mention de certaines variantes significatives des versions anciennes (grecque, latines, syriaque, éthiopienne). Les traductions ont été réalisées sur la base des plus récentes éditions critiques de l'Ancien Testament hébreu, araméen ou grec, selon les livres, et du Nouveau Testament grec adoptées par la communauté scientifique : la *Biblia Hebraica Stuttgartensia*, la *Septuaginta* de Rahlfs et le *Nouveau Testament* de Nestlé-Aland.

TITRE DES LIVRES

Chaque livre de la Bible est présenté sous un double titre. Le premier reprend le titre traditionnel des éditions en langue française. Le second a été choisi d'un commun accord par les traducteurs de chacun des livres.

ORDRE DES LIVRES

L'ordre des livres est celui de la Bible hébraïque pour les livres de l'Alliance. La Bible hébraïque comporte trois parties : la Loi (*Tora*), les Prophètes (*Neviim*) et les autres écrits (*Ketouvim*). À leur suite viennent les livres que les catholiques appellent « deutérocanoniques » et les protestants « apocryphes ».

RÉFÉRENCES

Le système de références est celui qu'ont adopté la plupart des Bibles françaises. Il permet de retrouver rapidement un livre, un passage ou même un verset de la Bible. Dans les références, le livre biblique est indiqué sous forme abrégée (exemple : « Gn » pour « Genèse »). On trouvera la liste des abréviations ci-dessous.

Les chiffres placés avant la virgule indiquent le chapitre (abrégé en « chap. ») du livre, ceux qui suivent la virgule, les versets (abrégé en « v. »).

Un point entre deux versets signifie « et ».

Un tiret court est utilisé entre les versets et signifie « du verset... au verset... ».

Un tiret moyen est utilisé entre deux chapitres et signifie « du chapitre... au chapitre... ».

Exemples :

Mc 7,9 : Marc, chapitre 7, verset 9.

Gn 3,1.5 : Genèse, chapitre 3, verset 1 et verset 5.

1 R 11,2-8 : Premier livre des Rois, chapitre 11, du verset 2 au verset 8.

Nb 2 – 5 : Nombres, du chapitre 2 au chapitre 5.

Jn 1,19 – 12,50 : Jean, du chapitre 1, verset 19, au chapitre 12, verset 50.

CHAPITRES, VERSETS, NOTES

Les marges extérieures sont réservées à la numérotation des chapitres et des versets, accompagnée du mot qui marque le début du verset. On a fait exception pour certains livres poétiques comme les Psaumes, où le verset commence toujours en début de ligne.

Les appels de notes figurent dans le corps du texte. On trouvera les notes en fin de volume.

TRANSCRIPTION DES NOMS PROPRES HÉBREUX

Pour les plus familiers d'entre eux, l'usage courant en français a été maintenu. Pour les moins connus, nous avons adopté un système de transcription destiné à faciliter la lecture et la prononciation aux personnes qui ne connaissent pas l'hébreu.

Les gutturales *'aleph* et *'ayin* ne sont pas notées

Le *hè* n'est pas distingué du *hêth* : h

Le *hè* en *mater lectionis* n'est pas noté sauf lorsqu'il est une composante du tétragramme raccourci (Adoniyyah)

Le *bêth* plosif et le *bêth* labial sont rendus respectivement par *b* et *v*

Le *g* transcrivant le *guimel* est suivi d'un *u* devant *e* et *i*

Le *waw* est rendu par un *w*

Le *taw* et le *têth* sont transcrits par *t*

Le *yôd* par un *y*, et par *ï* quand il est suivi d'un *hiriq*

Le *kaf* par un *k* et le *qof* par un *q*

Le *samek* et le *sîn* par un *s*

Le *shîn* par *sh*

Le *tsadé* par *ts*

Le *pè* plosif et le *pè* labial sont rendus respectivement par *p* et *f*

Daleth, zayin, lamed, mem, nûn, resh sont respectivement rendus par *d, z, l, m, n* et *r*

La longueur des voyelles n'est pas indiquée. Notons simplement que le *u* hébreu est rendu par le son *ou*.

Les lettres contenant le *daguesh* sont redoublées, y compris le *yôd* et le *waw*.

Pour que le lecteur prononce la consonne finale, dans certaines syllabes, nous avons ajouté un accent circonflexe ou grave à la voyelle précédant cette consonne : în, ên, ôn, ôt, èt.

TRANSCRIPTION DES NOMS COMMUNS HÉBREUX

Dans la mesure où ces mots ne figurent que dans les notes et rendent souvent compte de choix de traduction ou d'interprétation textuelle, nous avons choisi de les rendre par un système de transcription plus savant.

Les gutturales *'aleph* et *'ayin* sont indiquées par ' et '

hè et *hêth* sont tous deux transcrits par *h*, mais le *hè* figurant comme *mater lectionis* après un *gamats* est transcrit par *â*.

Les voyelles longues sont indiquées par des accents circonflexes : *ê* pour *tsèrè* avec *mater lectionis* (mais *è* pour *tsèrè* seul et *é* pour *ségol*), *ô* pour *holam*, *u* pour *qibbuts* et *û* pour *shûrûq*.

Le *hiriq* suivi par *yôd* est transcrit par *î*, *i* étant réservé au *hiriq* seul.

TRANSCRIPTION DES MOTS GRECS

Pour les plus familiers d'entre eux, l'usage courant en français a été maintenu. Pour les autres, nous avons adopté le système le plus fréquemment admis :

Alpha, bèta, gamma, delta, zèta, thèta, kappa, lambda, mu, nu, xi, pi, rhô, sigma, tau, phi, psi sont transcrits respectivement par *a, b, g, d, z, th, k, l, m, n, x, p, r, s, t, ph, ps*

hèta : è ; epsilon : e

omikrôn : o ; oméga : ô

upsilon : u ou *y*

khi se prononce *k*, même s'il est parfois transcrit par *ch* (Chios) ou par *kh* (Khorazîn)

LISTE DES ABRÉVIATIONS BIBLIQUES

Ab	ABDIAS	2 Ch	2ᵉ LIVRE DES CHRONIQUES
Ac	ACTES DES APÔTRES		
Ag	AGGÉE	1 Co	1ʳᵉ LETTRE AUX CORINTHIENS
Am	AMOS		
Ap	APOCALYPSE	2 Co	2ᵉ LETTRE AUX CORINTHIENS
Ba	BARUCH		
1 Ch	1ᵉʳ LIVRE DES CHRONIQUES	Col	LETTRE AUX COLOSSIENS

Ct	CANTIQUE DES CANTIQUES	Mc	ÉVANGILE DE MARC
Dn	DANIEL	Mi	MICHÉE
Dt	DEUTÉRONOME	Ml	MALACHIE
Ep	LETTRE AUX ÉPHÉSIENS	Mt	ÉVANGILE DE MATTHIEU
Esd	ESDRAS	Na	NAHOUM
Est	ESTHER	Nb	NOMBRES
Est gr	ESTHER (GREC)	Ne	NÉHÉMIE
Ex	EXODE	Os	OSÉE
Ez	ÉZÉCHIEL	1 P	1re LETTRE DE PIERRE
Ga	LETTRE AUX GALATES	2 P	2e LETTRE DE PIERRE
Gn	GENÈSE	Ph	LETTRE AUX PHILIPPIENS
Ha	HABAQOUQ	Phm	LETTRE À PHILÉMON
He	LETTRE AUX HÉBREUX	Pr	PROVERBES
Is	ISAÏE	Ps	PSAUMES
Jb	JOB	Qo	QOHÉLET
Jc	LETTRE DE JACQUES	1 R	1er LIVRE DES ROIS
Jd	LETTRE DE JUDE	2 R	2e LIVRE DES ROIS
Jdt	JUDITH	Rm	LETTRE AUX ROMAINS
Jg	JUGES	Rt	RUTH
Jl	JOËL	1 S	1er LIVRE DE SAMUEL
Jn	ÉVANGILE DE JEAN	2 S	2e LIVRE DE SAMUEL
1 Jn	1re LETTRE DE JEAN	Sg	SAGESSE
2 Jn	2e LETTRE DE JEAN	Si	SIRACIDE
3 Jn	3e LETTRE DE JEAN	So	SOPHONIE
Jon	JONAS	1 Th	1re LETTRE AUX THESSALONICIENS
Jos	JOSUÉ		
Jr	JÉRÉMIE	2 Th	2e LETTRE AUX THESSALONICIENS
Lc	ÉVANGILE DE LUC		
Lm	LAMENTATIONS		
Lv	LÉVITIQUE	1 Tm	1re LETTRE À TIMOTHÉE
1 M	1er LIVRE DES MACCABÉES	2 Tm	2e LETTRE À TIMOTHÉE
		To	TOBIT
2 M	2e LIVRE DES MACCABÉES	Tt	LETTRE À TITE
		Za	ZACHARIE

INTRODUCTION

Job : le personnage est connu au-delà des frontières de la Bible et des croyances. Héros tragique, s'il en est un, il est de la trempe des Prométhée, Ulysse, Œdipe, Sisyphe, dont les malheurs ont été si magnifiquement décrits et pourtant jamais éclairés de façon satisfaisante pour notre logique.

Job : le livre, ce monument de la sagesse israélite ancienne, cette poésie sauvage aux accents déchirants, est moins connu, et depuis les toutes premières versions il n'a cessé de déranger et d'inquiéter. La protestation paraît trop forte, et Dieu trop impuissant face à la souffrance de Job, le juste, pourtant son serviteur et son ami. Les traducteurs de la Septante ont cherché à atténuer les cris du protagoniste, tandis que les auteurs du *Testament de Job* — apocryphe de la période intertestamentaire — ont glorifié la patience de Job et ignoré la longue discussion entre lui et ses amis. La tradition chrétienne, dans le sillage de la Lettre de Jacques (5,7.11), est allée dans le même sens, consacrant l'image d'un Job patient qui a prévalu jusqu'au début du XXe siècle.

Le livre est loin cependant d'afficher un discours univoque et consolateur. Il porte les marques d'une longue histoire, qui pourrait remonter jusqu'au Xe siècle et s'achever autour du IIIe siècle av. J.-C. L'histoire, essentiellement contenue dans le cadre en prose (chap. 1 – 2 ; 42,7-17), tient beaucoup du conte populaire : tout est schématisé autour de la figure du juste d'abord heureux et prospère, puis inébranlable et résigné même au cœur des plus grandes souffrances, et enfin restauré dans sa dignité et son bonheur. Jusque-là, rien de plus classique, et le point de vue de la théorie de la rétribution qui prévalait alors dans les traditions bibliques est sauf.

Pourtant, la réalité apporte son lot quotidien de démentis à la lecture traditionnelle : les impies prospèrent et les justes ne sont pas à l'abri de l'infortune. Mais il aura fallu la tragédie nationale de l'exil à Babylone (597-538 av. J.-C.) et le choc ressenti par toute une communauté pour que les sages et les théologiens d'Israël sentent le besoin de revisiter la légende de Job.

De cette douloureuse expérience de l'exil sont nés les dialogues poétiques qui forment maintenant le corps de l'ouvrage (chap. 3 – 42,6). Ils ne sont pas, eux-mêmes, d'une seule venue — le chapitre 28, sur la sagesse, et les chapitres 32 – 37 étant manifestement des additions tardives — et se présentent comme un véritable forum théologique, lieu de débats passionnés où s'affrontent les différentes écoles et où pratiquement tout le monde peut s'exprimer à loisir. Job y apparaît seul contre tous, avec pour uniques arguments la double réalité de son innocence et de la souffrance implacable qui l'afflige.

Le corps de l'ouvrage est du grand théâtre. Le personnage de Job domine la scène. Sa plainte, déjà exacerbée au chapitre 3, se fait toujours plus insistante dans le cycle de ses trois longs discours, en réponse aux palabres de ses trois amis. De tous les personnages, il demeure le seul à s'adresser directement à Dieu, au point de le sommer de comparaître et de rendre des comptes.

Ses amis, Élifaz, Bildad et Tsofar, sont les tenants de la théologie courante, qui prétend pouvoir expliquer la souffrance et, surtout, justifier Dieu. À eux trois, mentionnés dans le prologue et l'épilogue, se joint, sans avertissement et sans autre considération, Élihou, habile discoureur et encore moins doué pour le dialogue que les autres.

La discussion est vouée à l'impasse. Seul Job s'adresse à Dieu et en appelle à sa justice. Son vœu est exaucé. Dieu lui parle, mais du sein de la tempête (38,1), et sans daigner s'engager sur le terrain de la rétribution ni chercher à se justifier. Il déstabilise Job par ses questions en cascade, le renvoie à l'immensité de la création, à la souveraineté de son action, à la gratuité et à la liberté de celle-ci dans le monde.

À Job, et aux lecteurs que nous sommes, de décider si les discours de Dieu sont convaincants. Car le Livre de Job présente une finale éclatée. Job donne, en effet, raison à Dieu... qui donne raison à Job. Puis Job intercède pour ses amis qui, maintenant, le consolent de tous ses malheurs... Tout n'est que contrepoint, et la diversité des signaux émis par la finale interdit toute réduction du discours du livre au point de vue d'un seul personnage et, *a fortiori*, à une étape de son cheminement.

J.-P. P.

Note sur la forme

Parce que ici le débat fondamental prend vie dans un récit centré sur un concours d'éloquence, on a traduit les diatribes de chaque personnage dans un mètre qui le distingue (Yhwh seul a droit au vers libre). Quand un vers paraît descendre une marche, c'est que le stique continue. La ponctuation tombe.

P. A.

Il y a un homme au pays d'Outs.
Il s'appelle Job

Il y a un homme au pays d'Outs[1]. Il s'appelle Job[2]. C'est un homme bien, un homme droit[3]. Il craint Dieu. Il évite le mal[4]. Il a eu sept fils, trois filles[5]. Il a sept mille brebis, trois mille chameaux, cinq cents paires de bœufs, cinq cents ânesses. Il a beaucoup de domestiques. C'est l'homme qui compte le plus parmi les Orientaux. Chacun son jour, l'un de ses fils invite les autres à un banquet. Ils font venir leurs trois sœurs pour qu'elles mangent et boivent avec eux. Quand les jours des banquets sont révolus, Job fait venir ses fils pour les sanctifier. Il se lève tôt. Il fait monter des offrandes pour tous. Il se dit : «Mes fils ont pu commettre une faute. Ils ont peut-être mal béni Dieu[6] intérieurement.» Job est comme ça[7].

1, 1 Il y a

2 Il a eu
3 Il a sept

4 Chacun

5 Quand

* Les marges extérieures sont réservées à la numérotation des chapitres et des versets, accompagnée du mot qui marque le début du verset. On a fait exception pour certains livres poétiques comme les Psaumes, où le verset commence toujours en début de ligne.

Les appels de notes figurent dans le corps du texte. On trouvera les notes en fin de volume.

6 Un jour   Un jour, les fils de Dieu[8] prennent place devant
7 Yhwh   Yhwh. Le négateur se glisse parmi eux. Yhwh dit au
négateur : «D'où viens-tu ?» Le négateur[9] dit à Yhwh :
8 Yhwh dit   «Je courais le monde, je vaguais.» Yhwh dit au négateur : «As-tu remarqué Job, mon serviteur ? Il est
unique au monde. C'est un homme bien, un homme
9 Le négateur   droit. Il craint Dieu. Il évite le mal.» Le négateur dit à
10 Tu as planté   Yhwh : «Est-ce que Job craint Dieu pour rien ? Tu as
planté une haie autour de lui, de sa maison, de tout ce
qu'il a. Tu l'encourages dans son travail. Son bétail
11 Mais   prolifère. Mais, si tu lèves la main sur lui, si tu frappes
tout ce qu'il a, nous verrons comme il te bénira en
12 Yhwh   face !» Yhwh dit au négateur : «Je te livre tout ce qu'il
a. Mais ne lève pas la main sur lui.» Le négateur se
détourne de Yhwh.

13 Les fils   Les fils et les filles de Job mangent et boivent chez
14 Un messager   leur frère aîné. Un messager[10] vient vers Job. Il dit :
«Les bœufs labouraient, les ânesses paissaient à côté.
15 Des gens   Des gens de Saba ont surgi. Ils les ont pris. Ils ont passé
les hommes au fil de l'épée. Seul j'en ai réchappé, seul
pour te l'annoncer.»
16   Il ne s'est pas tu qu'un autre arrive et dit :
«Un feu divin surgi du ciel
a mordu les brebis et les hommes
il les a dévorés
seul j'en ai réchappé
seul pour te l'annoncer.»
17   Il ne s'est pas tu qu'un autre arrive et dit :
«Il y avait trois bandes de Chaldéens
ils ont couru vers les chameaux

il les ont pris.
ils ont passé les hommes au fil de l'épée
seul j'en ai réchappé
seul pour te l'annoncer.»
Il n'a pas fini sa phrase qu'un autre arrive et dit :   18
«Tes fils et tes filles mangeaient et buvaient
chez leur frère aîné
soudain un grand souffle est venu   19
d'au-delà du désert
il a frappé aux quatre coins de la maison
elle s'est écroulée sur eux
ils sont morts
seul j'en ai réchappé
seul pour te l'annoncer.»

    Job se lève. Il déchire ses vêtements[11]. Il se rase le   20
crâne. Il tombe par terre. Il se prostre. Il dit :

«Nu je suis sorti du ventre de ma mère   21
nu je retournerai là-bas
Yhwh donne
Yhwh prend
que le nom de Yhwh soit béni.»

    Job est irréprochable[12]. Il n'accuse pas Dieu d'être   22
fou[13].

    Un jour, les fils de Dieu prennent place devant   2, 1 Un jour
Yhwh. Le négateur se glisse parmi eux, il prend place
devant Yhwh. Yhwh dit au négateur : «D'où viens-tu   2 Yhwh dit
donc ?» Le négateur dit à Yhwh : «Je courais le monde,

3 Yhwh dit je vaguais.» Yhwh dit au négateur : «As-tu remarqué Job, mon serviteur ? Il est unique au monde. C'est un homme bien, un homme droit. Il craint Dieu. Il évite le mal. Il tient bon, il reste un homme bien. Tu m'as

4 Le négateur poussé à l'engloutir. Tu l'as fait pour rien.» Le néga-teur dit à Yhwh : «Une peau contre une peau. Un

5 Mais homme donne tout ce qu'il a pour sauver sa vie. Mais, si tu lèves la main sur lui, si tu le frappes dans le vif,

6 Yhwh dit nous verrons comme il te bénira en face !» Yhwh dit au négateur : «Je te le livre. Laisse-lui seulement la vie

7 Le négateur sauve.» Le négateur se détourne de Yhwh.

Il afflige Job d'une maladie de la peau, des pieds à la tête. Job prend un tesson de terre cuite pour se grat-

8 Job prend la tête. Job prend un tesson de terre cuite pour se grat-

9 Sa femme ter. Il s'assied dans la cendre. Sa femme lui dit : «Tiens bon ! Reste un homme bien ! Bénis Dieu !

10 Il lui dit Meurs !» Il lui dit : «Tu parles comme les débiles[14]. On prend le bonheur que Dieu donne. Et on ne prendrait pas le malheur ?» Les lèvres de Job sont irrépro-chables.

11 Trois Trois amis de Job[15] entendent parler de son mal-heur. Ils viennent chacun de son pays : Élifaz de Témân, Bildad de Shouah, Tsofar de Naama. Ils déci-

12 Ils l'aperçoivent dent ensemble de le plaindre, de le consoler. Ils l'aper-çoivent de loin. Ils ne le reconnaissent pas. Ils s'exclament. Ils pleurent. Ils déchirent leurs vête-

13 Ils s'assoient ments. Ils se jettent de la poussière sur la tête. Ils s'as-soient avec lui par terre. Ils restent sept jours et sept nuits. Ils ne lui disent pas un mot : ils voient qu'il souffre beaucoup.

Enfin Job ouvre la bouche. Il maudit son jour[16].   3, 1

> JOB   2
> *répond*

   Soyez perdus   3
jour[17] où j'ai vu le jour et nuit
qui a dit : un garçon va naître !
     jour, fais-toi nuit   4
Éloah[18], ne le produis pas
clarté du ciel, ne l'atteins pas !

Réclamez le jour, tombes d'ombre   5
nuage, écrasez-le, éclipse
     terrifie-le !
nuit, prends cette nuit qui parade   6
parmi les jours et des annales
     efface-la !

   Dessèche-toi   7
nuit dans laquelle on m'a conçu
étouffe les cris de bonheur !
     révoquez-la   8
révocateurs des jours futurs
invocateurs du Léviathan[19] !

Nuit, noie les astres du matin   9
attends l'aube sans voir de jour
     sous ses paupières !
car la nuit n'a pas clos les portes   10
du ventre ou protégé mes yeux
     de la souffrance.

11 Pourquoi[20] ne m'a-t-on pas tué
   dans l'œuf et sorti mort du ventre ?

12 à quoi bon deux genoux qui s'ouvrent ?
   à quoi bon deux seins à téter ?

13 aujourd'hui je serais couché
   je dormirais en paix avec

14 ces rois et ministres du monde
   qui s'élèvent des mausolées

15 ou ces princes qui ont de l'or
   et de l'argent plein leur caveau

16 ou comme un fœtus que l'on jette
   inexistant comme un mort-né

17 là se calment les criminels
   là les épuisés se reposent

18 là les forçats sont en lieu sûr
   sourds à la voix de leur geôlier

19 là sont le grand et le petit
   l'esclave affranchi de son maître.

20 Pourquoi
         donner le jour à des souffrants
   la vie à des êtres amers[21] ?

21 ils attendent la mort
         et rien
   ils vont déterrer son trésor

22 ils sont fous de joie
         ils jubilent
   quand ils atteignent à la tombe

23 car l'homme ignore son chemin
   Éloah lui met des œillères.

Comme pain je n'ai que des plaintes   24
et ce flot de rugissements
j'ai peur de la peur qui me gagne   25
ce qui m'épouvantait arrive
je n'ai ni répit ni repos   26
ni paix
    j'accueille le chaos.

    ÉLIFAZ DE TÉMAN   4, 1
    répond

À quoi bon discuter ?   2
    tu es défait
et qui peut tenir tête avec des mots [22] ?
tu rappelais à tous la discipline   3
tu savais redresser les mains qui flanchent
relever par tes mots ceux qui trébuchent   4
retendre les genoux de ceux qui ploient
et quand cela t'affecte tu t'effondres ?   5
et quand cela te frappe tu t'effraies ?
ainsi ton respect n'était pas un choix ?   6
ainsi la vertu n'était pas ton but ?

Rappelle-toi   7
    quel innocent est mort ?
où donc ont disparu des gens intègres ?
je les ai vus les laboureurs du leurre   8
les semeurs de malheur à leur moisson [23] :
un soupir d'Éloah [24] et ils expirent   9
un souffle de son nez et ils s'éteignent
le lion rugit   10

le tigre feule
les crocs des lionceaux sont brisés
11   sans gibier le fauve agonise
ses enfant sont disséminés.

12   Or une parole a glissé vers moi
un bref chuchotis m'a frôlé l'oreille
13   dans les rêveries
les vues de la nuit
quand un lourd sommeil[25] tombe sur les hommes
14   une peur m'a pris avec un frisson
qui m'a fait trembler jusqu'au creux des os
15   et sur mon visage un souffle est passé
qui a soulevé les poils de ma peau
16   alors a surgi
étrange d'aspect
une silhouette devant mes yeux
et dans un murmure une voix m'a dit :

17   Quel mortel est plus juste qu'Éloah[26] ?
quel homme est plus pur que lui qui l'a fait ?
18   il se méfie même de ses émissaires
il craint les écarts de ses messagers
19   quant aux résidants des maisons d'argile
fondées dans la poussière :
écrasés comme des punaises
20   démolis du matin au soir
délaissés à jamais
ils crèvent
21   où sont leurs restes ?
arrachés

loin de la sagesse
ils périssent.

Appelle :   5, 1
    y a-t-il quelqu'un pour te répondre ?
regarde :
    à quel saint vas-tu te vouer ?
oui c'est la rancœur qui saigne les fous   2
le ressentiment qui tue les naïfs
moi j'ai vu le fou croître et embellir   3
j'ai bientôt maudit sa prospérité :
que ses fils échouent loin de tout salut   4
frappent à la porte
    et pas de secours
que des affamés mangent sa récolte   5
qu'on l'arrache avec ses épines
et qu'on s'empare de ses biens !

Le néant ne sort pas de la poussière   6
La douleur n'a pas germé dans le sol
c'est pour la douleur que sont nés les hommes   7
pour voler au vent comme l'étincelle

J'en appellerais à Dieu à ta place   8
c'est à Dieu que je soumettrais mon cas
il fit de grandes choses qui t'échappent   9
des prodiges sans nombre
    oui c'est lui
qui lâche la pluie partout sur la terre   10
qui crache les eaux partout sur les champs
par lui les courbés atteignent la cime   11

et les accablés touchent au salut
12   il met en lambeaux les plans des rusés
pour que le succès glisse entre leurs doigts
13   il prend les experts à leur jeu savant
pour que leurs projets retors tournent court
14   en plein jour ils butent sur la nuit noire
en pleine lumière ils vont à tâtons
15   leur langue pointue
il nous y soustrait
comme les mendiants à la main des forts
16   il est une espérance pour les faibles :
le crime fermera la gueule.

17   Voici :
heureux le mortel qu'Éloah reprend[27]
— embrasse Shaddaï[28] et ses instructions !
18   oui il fait souffrir
mais panse les plaies[29]
oui il démolit
mais ses mains guérissent
19   de six coups du sort il te sortira
le septième[30] coup ne t'atteindra plus
20   dans la faim
il rachète de la mort
dans la guerre
il rachète de l'épée
21   dans l'insulte
il protège des paroles
tu n'auras plus peur quand vient le désastre
22   — ris donc du désastre et de la misère
ne te méfie plus des bêtes sauvages

ton alliance avec les pierres du champ   23
dictera ta paix aux bêtes du champ
oui tu goûteras la paix de ta tente   24
en comptant tes biens
  rien n'y manquera
tu verras nombreuse ta descendance   25
et tes rejetons
  herbe sur la terre
tu iras en pleine force à la tombe   26
comme un tumulus s'élève à son heure.

Voici :   27
  nous avons étudié ton cas
et prêté l'oreille
  à toi de comprendre.

  JOB   6, 1
  répond

Si l'on comptait tous mes griefs !   2
si l'on soupesait mon malheur
plus lourd que le sable des mers !   3
bien sûr mes paroles s'emballent :
les flèches de Shaddaï me percent   4
leur fureur me coupe le souffle
les terreurs d'Éloah me cernent.

L'âne brait-il sur son herbage ?   5
le bœuf mugit-il sur son foin ?
mange-t-on sans sel des plats fades ?   6
aime-t-on le jus de chardon ?
rien ne passe plus mon gosier   7
tout a pour moi un goût de mort.

8   Que l'on réponde[31] à ma question
     qu'Éloah me rende l'espoir
9   ou qu'au moins Éloah me frappe
     que sa main s'étende et qu'il prenne :
10 j'en serais un peu consolé
     heureux au fond de la douleur
     d'éclairer les mots de mon Saint[32].

11 Où est ma force pour attendre ?
     ma fin pour tendre mon désir[33] ?
12 ma force est donc force de pierre ?
     ma chair est donc chair de métal ?
13 tout secours est néant pour moi ?
     tout succès banni de chez moi ?
14 si vous le lâchez
         l'englouti
     perdra son respect de Shaddaï.

15 Mes frères m'ont trahi
         torrent
     torrents franchissant un ravin
16 et que la débâcle enténèbre
     quand la neige a fondu sur eux :
17 dans la fournaise ils disparaissent
     dans la chaleur ils sont à sec
18 leurs caravanes se détournent
     montent vers le désert
         se perdent
19 les caravanes de Témân
         les guettent

et les colonnes de Saba
    les souhaitent
puis regrettent d'y avoir cru   20
et pâlissent quand ils paraissent.

Non vous n'êtes plus rien pour moi   21
vous tremblez devant mon désastre
ai-je dit : «faites-moi l'aumône   22
partagez avec moi vos biens
tirez-moi de la main adverse   23
sauvez-moi de la main violente»?

Intruisez-moi[34]   24
    je me tairai
montrez-moi en quoi je délire[35]
parler droit ne peut contrarier   25
que reprocheraient vos reproches?
me reprochez-vous des mots?   26
— le désespéré parle au vent!

Vous qui écrasez l'orphelin   27
jetez vos amis à la trappe
eh bien regardez-moi en face   28
voyez si je vous mens en face
retournez-vous   29
    pas d'injustice
retournez-vous
    mon droit est là
ma langue ignore l'injustice   30
mon palais connaît le malheur.

7, 1   Le mortel[36] sur terre est au bagne
     ses jours sont des jours mercenaires[37]
  2   esclave il n'aspire qu'à l'ombre
     mercenaire il attend sa paye
  3   on m'a légué des lunes vaines
     on m'a offert des nuits atroces
  4   couché je dis : « me lèverai-je ? »
     je fourmille d'idées fébriles
     du crépuscule jusqu'à l'aube
  5   vermine et pus vêtent ma chair
     poussière
         ma peau craque et s'effrite
  6   navette
         mes journées fuient et filent
     dans un espoir béant.

  7   Rappelle-toi[38] :
         souffle[39] est ma vie
     le bonheur élude mes yeux
  8   l'œil qui me voit ne verra rien
     tes yeux me traverseront vide
  9   la nuée se dissipe au loin
     le Trou[40] ne restitue personne
 10   on ne reviendra plus chez soi
     on n'y sera plus reconnu.

 11   Non je ne tiendrai pas ma langue
     souffle oppressé
        je parlerai
    âme amère
        je gémirai

suis-je un océan ?   12
     suis-je un monstre
pour que tu me mettes sous garde ?
si je dis : « vivement la nuit   13
le lit où je pourrai gémir »
tu me terrifies dans mes rêves   14
tes visions[41] me glacent d'horreur
alors j'aime encore mieux me pendre :   15
la mort plutôt que ma carcasse !

Je fonds   16
     ma vie n'est pas sans fin
lâche-moi
     mes jours s'évaporent[42]
ce mortel[43]   17
     qu'a-t-il de si grand
pour que tu te soucies de lui ?
pour qu'au réveil tu l'examines   18
qu'en un clin d'œil tu le démasques ?
vas-tu me surveiller longtemps ?   19
vas-tu me laisser déglutir ?
je suis coupable ?   20
     eh bien qu'y puis-je ?
dis-le-moi gendarme des hommes[44] !
pourquoi m'as-tu pris moi pour cible ?
dois-je être un boulet pour moi-même ?
ne peux-tu me passer mon crime ?   21
laisser courir le prévenu ?
oui je m'étends dans la poussière
cherche-moi
     je ne suis plus là.

8, 1   BILDAD DE SHOUAH
         répond

2   Vas-tu brailler longtemps?
    quelle énergie!
            quel souffle!
3   Dieu tourne-t-il la loi?
    Shaddaï tord-il le droit[45]?
4   si tes fils[46] l'ont heurté
    il les a laissés choir
5   mais si tu cherches Dieu
    si tu supplies Shaddaï
6   si tu es clair et droit
    oui il interviendra
    il te rendra justice
7   tes débuts sont infimes?
    l'avenir sera grand!
8   demande à nos aïeux
    enquête sur leurs pères
9   nous sommes nés d'hier
    et nous ne savons rien
    ombre
10   nos jours sur terre
    c'est eux qui t'instruiront
    c'est eux qui te diront
    les mots venus du cœur.

11 Sans marais[47], quel jonc pousse?
    et sans eau quel roseau?
12 ni fané ni cueilli

avant toute herbe il sèche
ainsi va l'oublieux de Dieu   13
ainsi meurt l'espoir du rebelle
sa confiance est fragile   14
sa foi
          fil d'araignée
il voudrait s'appuyer   15
mais sa maison chancelle
il voudrait s'agripper
mais sa maison vacille
il fleurit au soleil   16
un jardin sous ses branches
il s'ancre dans le roc   17
il habite les pierres
mais quand on l'en arrache   18
sa maison le renie :
«je ne te connais plus»   19
— jolie carrière non ?
bientôt dans sa poussière
un autre germera.

Voici :   20
          Dieu n'oublie pas l'intègre
ne prête pas main-forte
à ceux qui font le mal
un jour il emplira   21
d'un grand rire ta bouche
de cris de joie tes lèvres
il couvrira de honte   22
          tes bourreaux

les brutes
    il soufflera leur tente

9, 1   JOB
         répond

2   Oui ces arguments sont solides :
     quel homme est plus juste que Dieu ?
3   quand on lui intente un procès[48]
     il comparaît un jour sur mille
4   cœur sage et débordant de force
     — qui l'a provoqué sans dommage ?
5   il meut les monts à leur insu
     dans sa colère il les renverse
6   la terre tremble sur sa base
     il fait vaciller ses piliers
7   d'un mot il fige le soleil
     d'un mot il scelle les étoiles
8   seul il tend la toile des ciels
     il marche sur l'autel des mers
9   il fait l'Ourse
            Orion
                 les Pléiades
     il fait les maisons de Témân
10   il fait des prodiges sans nombre
     de grandes choses qui m'échappent[49].

11   Voici :
            il est passé sur moi
     et je ne l'ai pas vu
            voilà :
     il part

et je n'ai rien compris
voici :   12
    il prend
              qui l'en empêche ?
qui peut lui demander des comptes ?
rien ne résiste à sa colère   13
il pile les suppôts de Rahav[50].

Alors   14
    même si je réplique
si je dépose contre lui
si je suis dans mon droit   15
    que dire ?
je devrai implorer mon juge !
si j'appelle et s'il me répond   16
qui me dit qu'il m'a entendu ?
lui qui pour un cheveu m'écorche   17
lui qui pour un rien me lacère
il ne me laisse pas souffler   18
il me gave d'herbes amères[51].

Voici :   19
    pour la force
              il déborde
pour le droit
    où est mon témoin ?
j'ai raison ?   20
    ma bouche m'accable
je suis bon ?
    ma bouche m'accuse
suis-je bon ?   21

au fond je l'ignore
puisque je déteste ma vie.

22 J'affirme que tout est égal :
il tue le juste avec la brute
23 si un fléau sévit soudain
il rit de l'innocent brisé
24 si la brute s'arroge un champ
il bande les yeux de ses juges
— quoi ?
ce n'est pas lui ?
alors qui[52] ?

25 Mes jours fusent comme un message
ils s'enfuient sans voir le bonheur
26 barques de jonc au fil de l'eau
aigles qui fondent sur leur proie
27 si je me dis
« oublie ta plainte
change de visage et souris »
28 je crains de nouvelles tortures
je n'attends plus que tu m'acquittes
si je suis coupable
29 à quoi bon
dépenser ma force en buée ?
30 je peux me laver dans la neige
me passer les mains à la soude
31 tu me retrempes dans la fosse
et j'empuantis mon manteau.

32 Non ce n'est pas un homme
comment lui répliquer ?

comment le traîner en justice?
qui pourrait nous départager?   33
mettre sa main sur nos deux têtes?
s'il écartait de moi sa crosse   34
s'il ne semait plus la terreur
je pourrais lui parler sans crainte —   35
mais non
      je suis seul avec moi.

Mon âme a la vie en horreur   10, 1
je vais laisser sonner ma plainte
parler dans l'amer de mon âme:
Éloah   2
      ne m'inculpe pas
ou dis-moi de quoi tu m'accuses!
dois-tu jouer les oppresseurs[53]?   3
mépriser le fruit de tes mains?
t'asseoir à la table des brutes?
ton œil est-il un œil de chair?   4
ton regard
      un regard mortel?
tes jours sont-ils des jours mortels?   5
et tes années
      les jours d'un homme?

Enquête sur mon crime   6
      instruis mon cas:
tu ne me connais pas de faute   7
et rien ne m'arrache à ta main
ces mains qui m'ont fait me torturent   8
tu me tiens la tête sous l'eau.

9   Souviens-toi :
          tu m'as fait d'argile
          — et tu me réduis en poussière ?
10 tu m'as sécrété comme un lait
    tu m'as figé comme un fromage
11 tu m'as vêtu de chair et peau
    tu m'as tissé[54] de nerfs et d'os
12 tu m'as fait vivant et fidèle
    tu as veillé
          couvé mon souffle[55] —
13 dans quel but ?
          que cachait ton cœur ?
    je vois tes arrière-pensées[56] :
14 tu m'épies pour me prendre en faute
    tu ne permets aucun faux pas
15 si je suis coupable je paie
    si je suis juste je m'incline
    couvert de honte
          humilié
16 si je me dresse tu me chasses
          comme un fauve —
    tous ces grands moyens contre moi :
17 encor des témoins contre moi
    encor des griefs contre moi
    encor des renforts contre moi !

18 Pourquoi m'as tu sorti d'un ventre ?
    j'aurais péri sans être vu
19 j'aurais été comme un mort-né
    qui passe du ventre au tombeau[57].

Mes jours sont comptés :   20
    qu'il me lâche
qu'il s'en aille
    que je respire
avant de partir pour toujours   21
au pays noir des tombes d'ombre[58]
au pays de l'aurore obscure   22
des tombes d'ombre et du chaos
    du clair obscur.

    TSOFAR DE NAAMA   **11**,1
    répond

Vas-tu déblatérer sans réplique ?   2
justifier tout de toi par tes lèvres ?
pérorer pour nous clouer le bec ?   3
te moquer sans que nul ne te mouche ?

Tu lui dis :   4
    « mon savoir est sans tache
j'apparais innocent à tes yeux »
mais si lui   5
    Éloah
        te parlait
s'il ouvrait ses lèvres contre toi
s'il t'ouvrait ses secrets de sagesse   6
deux fois plus exigeants
    tu verrais
tu saurais qu'il t'a passé des fautes.

Tu prétends démasquer Éloah ?   7
tu prétends voir le bout de Shaddaï ?

8 mais plus haut que les ciels
    que fais-tu ?
plus profond que le Trou
    que sais-tu ?
9 il s'étend au-delà de la terre
il s'épand au-delà de la mer[59]
10 il file
    il emprisonne
        il convoque
qui le fait dévier ?
11 il sait bien qui sont les gens de rien
il voit le leurre
    il regarde ailleurs.

12 L'homme est né comme un ânon sauvage
replié sur soi il perd son cœur
13 mais toi
si tu réformes ton cœur
    si tu tends vers Éloah les paumes
14 si tu chasses de tes mains le leurre
si le mal ne vit plus sous ta tente
15 oui tu lèveras la face intacte
oui tu te rétabliras sans peur
16 oui tu oublieras cette souffrance
sa mémoire fuira comme une eau
17 de longs jours surgiront du midi
le matin gagnera sur le noir
18 tu croiras
    tu auras un espoir
ayant tout inspecté
    tu dormiras en paix

dans un nid protégé des terreurs   19
entouré
     le visage serein
et les yeux des bourreaux s'éteindront   20
ils verront leur abri s'évanouir
n'attendant plus que leur dernier souffle.

    JOB   12, 1
    répond

Vous êtes l'opinion publique   2
l'incarnation de la sagesse !
je voudrais avoir votre cœur   3
être à votre hauteur :
qui donc n'est pas de votre avis ?

L'ami rit de moi quand j'appelle   4
Éloah pour qu'il me réponde
on rit du juste et de l'intègre   5
le nanti qui voit une épave
    se dit : « tant pis
il rejoindra les éclopés »
mais les pillards campent tranquilles   6
les blasphémateurs sont au chaud
et ceux qui manipulent Dieu[60].

Demande aux bêtes de t'instruire[61]   7
aux oiseaux des ciels de parler
à la terre de t'enseigner   8
aux poissons des mers de conter
ce que nous savons déjà tous :   9
la main de Yhwh les a faits

10   sa main tient l'âme des vivants
      le souffle dans la chair de l'homme.

11   L'oreille explore les paroles
      le palais déguste le pain
12   la sagesse a des cheveux blancs
      l'intelligence accroît nos jours.

13   À lui la sagesse et la force
      à lui l'ordre et l'intelligence
14   voilà :
              s'il brise on ne rebâtit plus
      s'il emprisonne on ne sort plus
15   voilà :
              s'il coupe l'eau tout se dessèche
      s'il l'ouvre elle emporte la terre
16   à lui la puissance et la palme
      à lui celui qui erre
              et celui qui l'égare
17   il fait aller nu-pieds les grands
      il rend les juges fous
18   il fait lâcher leur laisse aux rois
      il serre leur collier
19   il fait aller nu-pieds les prêtres
      il fait valser les potentats
20   il fait taire les beaux parleurs
      il enlève aux vieillards le flair
21   il éclabousse les plus fiers
      il délie l'armure des forts
22   il met à nu les fonds obscurs
      il met au jour les tombes d'ombre

il hisse les nations   23
     les lâche
il étend les nations
     les chasse
il prend le cœur des chefs du peuple   24
les perd dans un chaos sans route
sans lueur ils vont à tâtons   25
perdus comme un homme ivre[62].

Vous voyez :   13, 1
     mon œil a tout vu
mon oreille entend sans votre aide
ce que vous savez je le sais   2
je suis à la hauteur
mais moi je m'adresse à Shaddaï   3
moi je veux plaider contre Dieu[63]
vous nous rapiécez des mensonges   4
tous vous soignez par des sornettes
taisez-vous !   5
     allez
        taisez-vous !
c'est votre chance de sagesse !
écoutez mon réquisitoire   6
suivez la plainte de mes lèvres
vos mots sournois   7
     vos mots perfides
serait-ce Dieu qui vous les dicte ?
faut-il que vous l'avantagiez[64] ?   8
Dieu a donc besoin d'avocats ?
que gagne-t-il à vous scruter ?   9
vous le trompez comme un mortel ?

10   il vous couvrira de reproches
      si vous vous montrez tendancieux

11   n'êtes-vous pas assez frappés
           par sa suprématie ?
      la peur ne vous terrasse pas ?

12   fable de cendre est votre mémoire
      argile est votre échafaudage

13   taisez-vous donc
         c'est moi qui parle !
      et s'il m'arrivait quelque chose

14   tant pis
         je montrerais les dents
      je remettrais ma vie en jeu.

15   Voilà :
         qu'il m'achève
               je n'attends plus
      que de plaider mon cas chez lui

16   j'en ferais mon salut :
         chez lui
      l'insolent ne pénètre pas

17   écoutez mes mots
         écoutez
      mon discours de vos deux oreilles

18   voilà :
         j'ai défendu ma cause
      je suis certain d'être acquitté

19   qui va me poursuivre en appel
      quand je serai mort et muet ?

20   Épargne-moi ces deux épreuves
      et je ne m'esquiverai plus :

éloigne ta paume de moi   21
ne me remplis plus de terreur
— appelle   22
     je te répondrai
ou bien réponds si je te parle —
combien de méfaits ou de fautes?   23
quel crime ou faute ai-je commis?
     apprends-le-moi!

Pourquoi te dérober   24
et me traiter en ennemi?
ainsi   25
     tu fais frémir les feuilles mortes?
tu poursuis les fétus de paille?
tes décrets me font me morfondre   26
payer mes erreurs de jeunesse
tu contrains mes pieds comme un cep   27
tu surveilles tous mes chemins
tu prends l'empreinte de mes pas.

Et lui   28
     il n'est plus qu'un tronc délité
il n'est plus qu'un habit mité!
cet humain[65] dont la femme accouche   14, 1
tout frissonnant
     pressant ses jours
éclôt et se fane   2
     une fleur[66]
s'enfuit et se défait
     une ombre
sur lui tu as ouvert les yeux   3

et moi tu me fais comparaître
4 — qui extrait le pur de l'impur?
        personne.

5 Si ses jours sont inscrits par toi
et jusqu'au nombre de ses lunes
tu as mis sa limite
6   il n'ira pas plus loin
lâche-le des yeux
        qu'il s'arrête
pour goûter son jour de bagnard.

7 L'arbre au moins a une espérance
s'il est abattu il revit
sa branche ne s'arrête pas
8 s'il use en terre ses racines
si sa souche tombe en poussière
9 dans l'odeur des eaux il repousse
il fructifie comme un plant neuf.

10 Mais l'homme s'écroule et s'éteint
les gens succombent
        où sont-ils?
11 les eaux coulent depuis la mer
le fleuve s'évapore et sèche
12 l'être humain se couche et il gît
il dort jusqu'à la fin des ciels
il ne sort plus de son sommeil.

13 Si tu m'enfouissais dans le Trou
le temps de passer ta colère

tu mettrais ma limite
     mais ne m'oublierais pas
— reviendra-t-il   14
l'homme qui meurt?
alors j'attendrais tous les jours
dans ma corvée qu'on me relève :
tu crierais   15
     je te répondrais
quand le fruit de tes mains te manque
plutôt que de compter mes pas   16
de relever tous mes écarts
et   17
     ma faute au fond de ta poche
tu repriserais mes accrocs.

La montagne croule et s'effondre   18
la roche est descellée du sol
les eaux polissent les cailloux   19
l'averse lave la poussière :
tu balaies l'espoir du mortel
tu l'abats à jamais   20
     il va
tu défais sa face
     et bon vent
ses fils brillent ?   21
     il n'en sait rien
ils échouent ?
     il n'y comprend rien
car sa chair est trop malmenée   22
et son âme est trop endeuillée.

15, 1   ÉLIFAZ DE TÉMÂN
         répond

2   Brasse-t-il du vent
              le savoir du sage ?
         est-ce un vent d'orient qui gonfle son ventre ?
3   laissons ce débat
              il ne mène à rien !
         laissons tous ces mots
              ils n'apportent rien !

4   Mais prends garde à toi :
              tu sapes la crainte
         tu ôtes l'envie de songer à Dieu
5   ta bouche publie tes pensées coupables
         en voulant parler la langue des fourbes
6   pourquoi t'accuser ?
              ta bouche s'en charge
         tes lèvres t'accablent
7   pour qui te prends-tu ?
              pour le premier homme [67] ?
         on t'aurait conçu avant les collines ?
8   tu serais dans le secret d'Éloah ?
         la sagesse aurait émigré chez toi ?
9   tu aurais percé ce qui nous dépasse ?
         tu aurais compris ce qui nous échappe
10   et au plus chenu de tous nos doyens
              né avant ton père ?
11   le soutien de Dieu ne te suffit plus
         ni son doux murmure ?

— que le cœur doit te serrer   12
      les yeux te brûler
pour ainsi tourner contre Dieu ton souffle[68]   13
pour ainsi vomir les mots de ta bouche !

En quoi est-il pur   14
      en quoi est-il juste
cet enfant mortel sorti d'une femme ?
car Dieu se méfie même de ses saints   15
à ses yeux les ciels mêmes sont impurs
alors cette horreur[69]   16
      ce dégénéré
cet humain qui boit le mal au goulot !

Je vais t'en apprendre   17
      écoute-moi bien
je vais te conter ce que j'ai su voir
— les sages l'ont dit   18
ils n'ont rien caché du legs de leurs pères
à eux fut donnée la terre   19
      à eux seuls
ils n'ont pas laissé passer un intrus.

Les jours des méchants sont pleins de sursauts   20
des années de vie sont volées aux brutes
au fond de l'oreille des voix les hantent   21
en paix le pilleur croit rentrer chez lui
il ne compte pas gagner les ténèbres   22
mais l'épée le guette !
il grappille un peu çà et là   23
      il sait

qu'il tient dans sa main son jour de ténèbres

24 glacé de terreur
   écrasé d'angoisse
comme un roi contraint de livrer bataille

25 quand il a levé la main contre Dieu
quand il a bravé le puissant Shaddaï :

26 tête haute il court au-devant de lui
croyant se couvrir d'épais boucliers

27 ah il a enduit de crème sa face
il s'est enrobé de graisse les reins !

28 mais il investit des villes fantômes
des maisons désertes
   mûres pour la ruine

29 son bien ne croît plus :
   plus de bénéfices
il n'agrandit plus son lopin de terre

30 il n'écarte plus l'étau des ténèbres
et voilà qu'un feu dessèche sa branche
et voilà qu'un vent emporte sa voix

31 s'il se fie au vide il va perdre tout
il va regagner le vide en échange

32 il aura son compte avant le jour dit
ses précieux rameaux ne verdiront plus

33 vigne
   il a craché ses raisins amers
olivier
   il a sacrifié sa fleur

34 oui le camp des insolents est stérile
oui les corrompus flambent dans leurs tentes

35 concevant le crime

enfantant le mal
leur sein ne nourrit que la tromperie.

JOB   16,1
répond

Combien de fois l'ai-je entendu   2
votre remède à la douleur
votre discours de vent sans fin?   3
d'où vient ce besoin de plaider?
d'ailleurs je dirais comme vous   4
si vous viviez ce que je vis:
empilant les mots contre vous
je secouerais sur vous la tête
ma bouche vous exhorterait   5
mes deux lèvres s'épancheraient.

Mais je parle et mon mal s'épanche   6
quand j'arrête il ne s'en va pas
il m'a déjà défait[70]   7
— tu as dévasté mon domaine[71]
tu m'as pris au collet! —   8
et voici un témoin
voici qu'un délateur m'accable
voici qu'il me dénigre en face
sa fureur me traque et me croque   9
il grince des dents
        mon bourreau
il darde ses yeux contre moi
leur mâchoire s'ouvre sur moi   10
ils me narguent
        fouettent mes joues

ils sont tous ligués contre moi

11 Dieu me boucle avec les déments
il me jette aux mains des coupables

12 j'étais tranquille
      il me lamine
il tient ma nuque
      il me piétine
il m'épingle et me prend pour cible

13 de toutes parts ses flèches fusent
sans pitié il perce mes reins
sur le sol il verse ma bile

14 il ouvre une plaie
      — plaie sur plaie —
il fond sur moi comme un guerrier

15 j'ai cousu un sac sur ma peau
enfoui mon front dans la poussière

16 ma face est un volcan de larmes
tombes d'ombre sont mes paupières
      — or mes mains n'étaient pas violentes

17 ma prière était pure.

18 Terre
      n'engloutis pas mon sang
fais que mon cri n'ait pas lieu d'être

19 — déjà j'ai mon témoin au ciel
j'ai mon appui dans les hauteurs —

20 mes amis se moquent de moi
contre Éloah mon œil ruisselle

21 — qui tranche entre Éloah et l'homme
comme entre l'humain et l'ami ? —

oui les années me sont comptées   22
je prends un chemin sans retour.

Mon souffle à bout   17,1
        mes jours éteints :
à moi la tombe
        — mais quelle farce !   2
leurs mots amers peuplent mes nuits
allez   3
        sois mon parrain[72] chez toi !
qui d'autre va toper la main[73] ?
tu as fermé leur cœur au sens :   4
ils ne monteront plus en grade
au partage[74] on se dit amis   5
mais les yeux des fils nous évitent.

Moi qu'on avait fait chef[75] des peuples   6
on me regarde avec dégoût[76]
mon œil dépérit dans la peine   7
mon corps a les contours d'une ombre
devant moi les gens droits s'affligent   8
l'innocent s'en prend au rebelle
le juste s'accroche à sa route   9
la main propre cherche un renfort
mais revenez tous   10
        venez donc
je cherche un sage en vous
        en vain.

Mes jours ont fui   11
        mes plans se brisent

         chers à mon cœur

12   on a mis la nuit pour le jour
      la clarté longe les ténèbres

13   j'attends de loger dans la fosse
      j'ai fait mon lit dans les ténèbres

14   le Trou je l'appelle mon père
      ma mère et ma sœur la vermine

15   où sont passés mes brins d'espoir?
      qui va les repérer[77]?

16   descendrons-nous au fond du Trou?
      mordrons-nous la poussière ensemble?

18,1   BILDAD DE SHOUAH
        répond

2   Où te mènent ces mots?
    où s'achèveront-ils?
    pense avant de parler!

3   Tu nous tiens pour des bêtes?
    avons-nous l'air idiot?

4   ta fureur te déchire:
    faut-il que nous reniions la terre
    que nous déplacions des montagnes?

5   Elle décline aussi
    la lueur du rebelle
    sa flammèche se meurt

6   la nuit gagne sa tente
    sa lanterne décline

7   son pas viril languit
    son astuce le lâche

8   quand il se prend les pieds

empêtré dans la trame
le talon dans la maille   9
sa trappe se referme
son fil est enterré   10
son parcours est piégé
parsemé de fantômes   11
qui font glisser ses pieds
sa virilité flanche   12
son désastre est fin prêt
il lui ronge la peau   13
il lui ronge les membres
le bras droit de la mort !
nul repos pour sa tente   14
quant à lui on l'entraîne
chez le roi des fantômes
installés sous sa tente   15
son toit où pleut le soufre
sa racine a séché   16
sa récolte a fané
sa mémoire est rayée   17
de la terre et son nom
est biffé sur les cartes
il est chassé du jour   18
poussé dans les ténèbres
exclu de l'univers
pas de lignée pour lui   19
pas d'enfants dans son peuple
pas de quartier chez lui
à l'ouest on plaint son sort   20
à l'est on en frissonne

21 — voilà où vit l'injuste
      où finit le sans-dieu.

19,1   JOB
          répond

2   Allez-vous longtemps mortifier
      et mitrailler de mots mon âme ?
3   dix fois vous m'avez insulté
      maltraité !
                vous n'avez pas honte ?
4   si je n'étais qu'un pauvre fou
      la folie hanterait mes nuits
5   et si vous me prenez de haut
      en me reprochant ma disgrâce
6   sachez qu'Éloah m'a brisé
      entortillé dans son filet.

7   Je crie sous la torture
                mais nul ne me répond
      quand j'appelle au secours
      nul ne me rend justice
8   il a bordé[78] ma route
                d'un mur infranchissable
      sur mon chemin il met la nuit
9   il m'a dépouillé de ma charge
      ôtant sa couronne à mon front
10 il a tout démoli
                je rampe
      il a déraciné l'espoir
11 sa rafale m'a brûlé vif
      il fait de moi son ennemi

il unit contre moi ses sbires   12
     ils font mon siège
leurs campements cernent ma tente
il éloigne de moi mes frères   13
m'aliène ceux qui me connaissent
déjà mes proches ne sont plus   14
et ceux que je connais m'oublient
mes hôtes   15
     mes servantes
        me traitent en intrus
pour eux je suis un étranger
j'appelle un serviteur   16
     il ne me répond pas
ma bouche le supplie
mon haleine écœure ma femme   17
je pue pour les fils de mon ventre
même les enfants rient de moi   18
dès que je me lève ils médisent
tous mes confidents me haïssent   19
ceux que j'aimais me sont hostiles
je n'ai que la peau sur les os   20
pourrai-je au moins sauver mes dents?

Ayez pitié   21
     vous mes amis!
pitié pour moi!
la main d'Éloah m'a frappé
pourquoi me persécutez-vous   22
     comme Dieu même
toujours affamés de ma chair?

23 Que l'on écrive au moins mes mots
    pour qu'ils soient fixés dans un livre
24 qu'ils restent gravés[79] au burin
    au fer et au plomb dans le marbre.

25 Je le sais[80] : mon racheteur[81] vit
    tout au bout[82] il va se dresser[83]
            sur la poussière
26 — de ma peau rongée jusqu'au bout
    — de ma chair[84] je contemplerai
            Éloah
27 je le contemplerai pour moi
    de mes yeux[85] : nul autre que lui
    — et mes entrailles me tiraillent[86].

28 Vous voulez me persécuter ?
    vous voulez me chercher querelle ?
29 alors méfiez-vous de l'épée :
    l'horreur du mal s'est faite épée
    pour nous prouver qu'un juge existe.

20, 1   TSOFAR DE NAAMA
          répond

 2 Mes pensées me retournent
    tout se bouscule en moi
 3 quand j'entends ce discours scandaleux
    et mon souffle d'esprit lui répond :
 4 Tu le sais :
            depuis qu'à l'origine
    l'être humain fut placé[87] sur la terre
 5 le triomphe du crime est bien bref

la joie de l'insolent bien fugace
s'il se place aussi haut que les ciels   6
si sa tête confine aux nuages
il sera jeté comme une merde   7
les présents s'écrieront :
     où est-il ?
comme un rêve envolé   8
     où va-t-il
comme un spectre des nuits vagabond ?
l'œil le fixe   9
     il ne sévira plus
à sa place il sera invisible
ses enfants devront s'allier aux faibles   10
et ses mains restituer sa fortune
tous ses os étaient pleins de jeunesse ?   11
elle tombe avec eux en poussière
si le mal au palais lui est doux   12
s'il le cache au-dessous de sa langue
s'il l'épargne au lieu de le cracher   13
s'il l'a gardé au creux de sa bouche
son repas va tourner dans son ventre   14
un venin de vipère en son sein :
il engouffrait les biens ?   15
     qu'il vomisse
et que Dieu lui réclame sa panse
il tétait la tête des vipères ?   16
qu'une langue d'aspic l'assassine !
qu'il ne voie plus les fleuves tourner   17
en rivières de miel et de crème !
sans mâcher qu'il dégorge la peine   18
et sans jouir de ses biens trafiqués !

19   il broyait puis rejetait les faibles
      se servait dans la maison des autres ?

20   — avec son appétit sans répit
      il n'aura rien sauvé du trésor

21   rien ne reste après qu'il s'est gavé
      et voilà :

              son succès tourne court

22   au plus fort du plaisir il s'angoisse
      le malheur le frappe de plein fouet

23   s'il attend de se remplir la panse
      Dieu passera sur lui sa colère
      qui pleuvra sur lui pour le nourrir

24   s'il échappe aux machines de fer
      l'arc d'airain saura bien le percer :

25   on tire
              le trait ressort du dos
      on voit luire un éclair
      c'est sa bile
      et sur lui fond déjà la terreur

26   la ténèbre tapie dans ses coffres
      nul n'a soufflé le feu qui le ronge
      — sous sa tente un fléau fait le reste

27   les ciels ont débusqué tous ses crimes
      la terre s'est dressée contre lui

28   on confisque ses biens de valeur
      tout chavire au jour de la colère.

29   Tel est le don de Dieu au méchant
      ce que Dieu lui laisse en héritage

JOB   21, 1
répond

Écoutez-moi   2
        écoutez bien
                un mot encore
en guise de consolation
supportez-moi tant que je parle   3
vous pourrez ricaner ensuite.

Est-ce aux hommes que je me plains ?   4
comment n'être pas hors d'haleine ?
tournez-vous vers moi :   5
        consternés
vous mettrez la main à la bouche
— des souvenirs affreux me hantent   6
ma chair se fige dans l'horreur.

Pourquoi les méchants durent-ils ?   7
ils vivent vieux
        — pire ils prospèrent
leur semence croît avec eux   8
ils ont leurs enfants sous leurs yeux
leur demeure apaise les peurs   9
Éloah retient son bâton
leur taureau saillit sans faiblir   10
leur vache met bas sans faillir
leurs bambins vont en ribambelle   11
leur descendance danse en chaîne
au son des tambourins   12

des harpes
charmés par la voix de la flûte
13   ils couleront des jours heureux
puis ils descendront dans le Trou
14   — or ils ont dit à Dieu :
«va-t'en !
que nous importent tes chemins ?
15   à quoi sert de servir Shaddaï ?
quel intérêt de le trouver ?»
16   et leur bien n'est même pas leur !
— loin de moi le calcul des brutes.

17   Quand leur lampe s'est-elle éteinte ?
quand ont-ils subi un désastre ?
quand leur a-t-il fait partager
les tourments que sa rage inflige ?
18   «ils seront paille dans le vent
balle envolée dans la tempête !»
19   et pourtant Éloah réserve
à leurs fils toutes ses richesses
— s'il les faisait payer pour voir ?
20   si leurs yeux contemplaient la ruine
et s'ils s'abreuvaient de sa rage ?
21   pourraient-ils aimer leur maison
sachant que leurs jours sont comptés ?

22   «On n'a rien à apprendre à Dieu
sur ses hauteurs il est seul juge»
23   — mais l'un périt en pleine forme
encor tout confiant
tout content

son ventre est encor plein de crème   24
ses os sont encore pleins de moelle
et tel autre meurt l'âme amère   25
n'ayant jamais dîné heureux
— ils ne font qu'un dans la poussière   26
couverts de la même vermine.

Je sais ce que vous allez dire   27
vous allez m'attaquer encore
« qu'advient-il du palais des nobles   28
et de la tente des bourreaux ? »
— mais demandez donc aux passants   29
sachez déchiffrer ce qu'ils montrent :
le méchant échappe au jour de désastre   30
au jour de colère il se trouve ailleurs
nul ne lui dit ses vérités   31
nul ne lui fait payer ses crimes
bientôt on le met au tombeau   32
on veille sur son tumulus
la terre ameublie lui est douce   33
son cortège est suivi par tous
devant lui la foule est immense.

Alors comment vos beaux discours   34
ne seraient-ils pas vains ?
rien ne reste de vos réponses
qu'une supercherie[88].

    ÉLIFAZ DE TÉMÂN   22, 1
    répond

Crois-tu donc qu'un brave est utile à Dieu ?   2
non

c'est à soi seul qu'un sage est utile!

3   Shaddaï tient-il tant à t'innocenter?
    qu'a-t-il à gagner si tu aboutis?

4   te fait-il grief de ta révérence?
    s'il doit te traîner ainsi en justice

5   n'est-ce pas plutôt que ta faute[89] est grande
    et sans fin la liste de tes méfaits?

6   en fait pour un rien tu roulais tes frères
    aux nus tu prenais leur dernier habit

7   tu ne versais pas d'eau pour l'épuisé
    tu n'avais pas de pain pour l'affamé

8   regarde:
            un gros bras possédait la terre
    un privilégié s'installait sur elle

9   la veuve était congédiée les mains vides
    l'orphelin avait les bras écrasés

10 — c'est pourquoi des pièges partout te guettent
    pourquoi la terreur te transit soudain

11 pourquoi tu ne vois pas venir le noir
    pourquoi l'eau s'amasse autour de tes yeux.

12 Éloah est-il moins haut que les ciels?
    regarde où atteint la cime des astres!

13 cependant tu dis:
            «ce dieu
                    que sait-il?
    voit-il à travers la fumée
            ce juge?

14 face voilée par la nue
            que voit-il?
    il tourne en rond dans le cercle des ciels.»

Voudrais-tu garder pour toi le sentier   15
que foulaient jadis les gens de néant?
on leur a coupé la route avant l'heure   16
un fleuve a fait fondre leurs fondations
ceux qui devant Dieu s'écriaient: 17
    «arrière!»
Shaddaï pouvait-il contre eux quelque chose
lui qui emplissait de bien leur maison?   18
— loin de moi le calcul des brutes:
les justes verront bien   19
    ils riront
et les innocents se moqueront d'eux
— ces grands ennemis n'ont-il pas péri?   20
le feu n'a-t-il pas dévoré leurs restes?

Sois bien avec lui   21
    faites donc la paix
ta félicité en sera le fruit
reçois l'instruction[90] de sa bouche   22
    allons
place dans ton cœur tout ce qu'il te dit
si tu reviens à Shaddaï tu croîtras   23
le crime évitera ta tente.

Pour l'or on jette la poussière   24
pour l'Ophir les cailloux des fleuves
— ce sera Shaddaï   25
    ton or!
ce sont tes hauts faits
    l'argent!

26 tu vas savourer la vie en Shaddaï
    tu vas t'élever jusqu'à Éloah
27 tu crieras
            « à l'aide ! »
                et il t'entendra
    tu accompliras tes vœux de jadis
28 tu feras ton choix
            et il prévaudra
    car sur tes chemins luira la lumière
29 aux humiliés tu diras :
            « courage ! »
    Dieu épargnera les regards baissés
30 — et il ne sauverait pas le coupable
    qu'avait délivré déjà ta main pure ?

23, 1   JOB
         répond

2   Ma plainte est toujours véhémente
    ma main étouffe mes soupirs
3   — si je savais où le trouver !
    si j'approchais de son enceinte[91] !
4   j'y déploierais[92] mes justes causes
    j'emplirais de grief ma bouche
5   j'aurais sa réponse au mot près
    je comprendrais ce qu'il me dit
6   si la force est son argument
    au moins il m'aura pris en compte
7   là
            l'homme droit peut le poursuivre
    là[93]
            je pourrais plaider ma cause.

Mais non —   8
      je vais vers l'est
            personne
vers l'ouest :
      je ne l'aperçois pas
il œuvre au nord :   9
      je l'ai manqué
il vire au sud :
      je n'ai rien vu.

Or il connaît bien mon chemin   10
il me sonde
      et j'en sors d'or pur
mon pied lui emboîtait le pas   11
suivant sa voie sans dévier
sans violer l'ordre[94] de ses lèvres   12
ni ma loi propre
      j'engrangeais les fruits de sa bouche.

Lui c'est tout un   13
      qui l'influence ?
son désir[95] parle et il agit
il dicte ma loi jusqu'au bout   14
comme il fait pour tous ses desseins
devant lui je crie de frayeur   15
plus j'y pense et plus je frissonne
oui Dieu a fait fondre mon cœur   16
oui Shaddaï m'a rempli d'effroi
non le noir ne me leurre pas   17
ni l'ombre qui voile ma face.

24,1 Shaddaï n'a-t-il pas en réserve
des temps meilleurs[96] ?
    et pourquoi donc ?
ceux qui l'entendent ne voient pas
    son avenir

2 untel dépasse la frontière
entraînant du bétail volé

3 il prend[97] l'âne des orphelins
exploite le taureau des veuves

4 écarte du chemin les pauvres
fait fuir les courbés du pays

5   voyez :
tels des ânons sauvages
ils vont trimer dans le désert
dès l'aube ils se mettent en chasse
le désert nourrit leurs petits

6 ils ramassent le foin des champs
grappillent le raisin des brutes

7 va-nu-pieds dormant en guenilles
sans couverture dans le froid

8 trempés par les eaux des montagnes
sans abri
    enlaçant la roche

9 tandis qu'on plume l'orphelin
tandis qu'on saigne les courbés

10 le va-nu-pieds marche en guenilles
l'affamé porte les quintaux

11 il presse l'huile sous la meule
foule le vin
    mais il a soif

de la ville monte un sanglot   12
la vie de la victime implore
— et Dieu n'y voit pas de folie[98] ?

En rébellion contre le jour   13
ceux-là n'ont pas connu ses voies
n'ont pas su tenir ses sentiers
c'est en plein jour que l'assassin[99]   14
s'en prend à l'humilié
        au pauvre
la nuit il va comme un voleur
l'adultère a le soir à l'œil   15
il dit :
        aucun œil ne me voit
en voilant sa face il s'infiltre
dans la pénombre des maisons   16
pendant le jour ils se renferment
quand connaîtront-ils la lumière ?
non   17
        pour eux pas de différence
entre l'aube et les tombes d'ombre
ils voient l'horreur des tombes d'ombre
mais ils glissent légers sur l'eau   18
on maudit leur droit à la terre
ils délaissent la voie des vignes.

« Le sol aride ou la fournaise   19
absorbent les eaux de la neige
ainsi le Trou
        celui qui faute
le sein qu'il a tété l'oublie   20

il fait les délices des vers
on n'a pas souvenir de lui
le crime est brisé comme un arbre. »

21 Mais lui
      il malmène la femme
qui n'a pas pu avoir d'enfant
il ne soulage pas la veuve

22 il met les plus forts dans son camp
puis il se dresse
      il fait peu de cas de la vie

23 — ils peuvent compter sur son aide
ceux dont il laissa les mains libres
c'est sur leurs voies que son œil veille

24 ils ont leur brève heure de gloire
puis choient comme chose caduque
sèchent comme têtes d'épis

25 — c'est ainsi
      qui peut le nier?
qui portera mes mots à Dieu?

25,1   BILDAD DE SHOUAH
     répond

2 À lui de commander
en inspirant la peur
à lui de dire: paix
de toute sa hauteur

3 peut-on compter ses troupes?
et sur qui sa lumière
n'est-elle pas braquée?

4 l'homme[100] est-il juste devant Dieu?

l'enfant d'une femme est-il pur?
si la lune est sans lustre   5
l'astre impur à ses yeux
que vaut ce ver mortel   6
ce cafard[101] né d'un homme?

JOB   26,1
répond

Bravo: 2
    tu soutiens l'épuisé
tu sais rendre au bras sa vigueur
bravo: 3
    tu sermonnes le fou
tu prêches le succès aux foules
— mais à qui crois-tu t'adresser   4
et qui t'a soufflé ton discours?

Les Refaïm[102] se contorsionnent   5
sous les eaux
    les bêtes marines
le Trou est là   6
    nu
        devant lui
nul couvercle sur la débâcle.

Traçant[103] le nord sur le chaos   7
accrochant la terre au néant
capturant l'eau dans ses nuages   8
dans sa nue qu'elle ne peut fendre
calfeutrant les pans de son trône   9
disposant sur lui sa nuée

10   et sa limite autour des eaux
   où l'ombre et le jour se confondent
11   — les piliers des ciels ont tremblé
   étonnés d'encourir ses foudres —
12   lui
       fort il a frappé la mer
   lui
       fin il a brisé Rahav
13   son souffle fait les ciels sereins
   sa main fend le serpent furtif[104]
14   — tel est le bout de son chemin
   quelle rumeur nous en parvient?
   qui comprend sa force tonnante?

27,1   JOB
       brandit encor son poème[105]

2   Vive Dieu[106] qui dénie mon droit
   et Shaddaï qui aigrit mon âme!

3   Tant que je respire et conserve
   le souffle d'Éloah en moi
4   si mes lèvres parlent en mal
   si ma langue ourdit un complot
5   malheur à moi —
       et si je vous donne raison!
   jusqu'à la mort je me cramponne
       à mon intégrité
6   je suis rompu à la justice
   jamais je ne l'ai négligée
   mon cœur ne blâme pas mes jours

mes rares ennemis méritent   7
le sort des méchants et des brutes.

Que peut espérer l'insolent   8
quand Éloah voudra son âme?
Dieu entendra-t-il ses hauts cris   9
quand s'abattra sur lui l'angoisse?
s'est-il délecté de Shaddaï?   10
qu'il crie «Éloah» tant qu'il veut!
Je vous montre la main de Dieu   11
sans rien vous masquer de Shaddaï
vous   12
      oui vous tous
            vous avez vu
— embué
      car buée vous êtes —
ce que Dieu réserve au méchant   13
ce que Shaddaï lègue aux violents:
des fils   14
      plein
           promis à l'épée
des enfants qui manquent de pain
des rescapés que la mort happe   15
sans veuves pour les regretter
on amasse l'argent   16
      poussière
on commande un manteau
      argile
on le commande   17
      il passe au juste
l'innocent encaisse l'argent

18 on bâtit un abri de mite
    on tend une tente éphémère
19 on s'endort riche
            et l'on s'éteint
    on rouvre les yeux
            on n'est plus
20 les eaux de la peur vous submergent
    la nuit
            l'ouragan vous aspire
21 il vous emporte à l'est
            en marche !
    il vous rend odieux votre lieu
22 il fond sur vous sans indulgence
    vous fuyez sa main
            vous fuyez !
23 on frappe des mains contre vous
    on vous chasse à coups de sifflet.

28,1 Ici[107] l'on extrait de l'argent
      là c'est de l'or que l'on affine
   2 de la poussière on sort du fer
      du minerai se fond en bronze
   3 on limite l'obscurité
      on va scruter les profondeurs
      — pierre nocturne et tombes d'ombres —
   4 où nul n'habite on va creuser
      des galeries
            on s'y suspend
      errant loin des pas des mortels
   5 c'est du sol qu'on extrait le pain
      le sous-sol vibre comme un feu :

c'est un gisement de saphirs   6
tout cet or pour soi en paillettes
ce sentier échappe au rapace   7
l'œil du vautour ne l'a pas vu
les fauves ne l'ont pas foulé   8
le lion ne l'a pas emprunté
sur le silex la main s'abat   9
on déracine des montagnes
on troue de galeries la roche   10
on voit de ses yeux le trésor
on canalise les cours d'eau   11
et du secret sort la lumière.

Mais la sagesse   12
     où la chercher?
où se trouve l'intelligence
dont nul mortel ne sait le prix?   13
pas sur la terre des vivants!
dans l'abîme?   14
     il dit: «pas en moi»
et la mer répond: «pas chez moi»
on ne la paie pas en or pur   15
ni ne la pèse en argent fin
on ne la compte en or d'Ophir   16
ni en onyx
     ni en saphir
se mesure-t-elle en carats   17
en cristal ou en objets d'art?
en coraux?   18
     en verroterie?
       oublions-les!

— son essence est plus qu'un bijou
son attrait vaut mieux que les perles
19   que le topaze de Nubie :
même l'or ne peut l'acheter.

20   Mais la sagesse
          d'où vient-elle ?
où se trouve l'intelligence ?
21   cachée aux yeux de tout vivant
elle échappe aux oiseaux des ciels
22   la débâcle et la mort prétendent
prêter l'oreille à sa rumeur
23   mais Dieu a percé son chemin
et lui seul sait où la trouver :
24   quand il scrutait le bout du monde
quand il contemplait tous les ciels
25   pour établir le poids du vent
et mettre les eaux en balance
26   traçant la ligne de la pluie
et la voie des voix du tonnerre
27   alors il l'a vue
          l'a décrite
l'a établie
          l'a étudiée
28   et il dit aux humains : «voici
craindre le Maître[108]
          c'est la sagesse
fuir le mal
          c'est l'intelligence.»

JOB   29, 1
brandit[109] *encor son poème*

Qui me rendra[110] ces vieilles lunes   2
où Éloah veillait sur moi?
il me coiffait de sa lumière   3
j'allais éclairé dans la nuit
l'aile d'Éloah sur ma tente   4
mes jours avaient atteint l'automne
Shaddaï était à mes côtés   5
et tous mes garçons m'entouraient
on lavait mes pieds dans la crème   6
de gras ruisseaux coulaient vers moi
j'allais aux portes de la ville   7
j'avais mon siège en pleine rue
ma vue faisait taire les jeunes   8
et se lever d'un bond les vieux
les notables s'interrompaient   9
en mettant la main à leur bouche
les sommités restaient sans voix   10
la langue collée au palais
les oreilles qui m'entendaient   11
        me bénissaient
et tous les yeux qui me voyaient
        plaidaient pour moi
le pauvre appelait   12
        je l'aidais
comme l'orphelin sans recours
les derniers vœux du moribond étaient pour moi   13
je réjouissais le cœur des veuves

14   j'étais vêtu du vêtement de la justice
manteau
       turban
            chacun de mes verdicts
15   j'étais des yeux pour les aveugles
les pieds du boiteux c'était moi
16   j'étais un père pour les pauvres
j'examinais le cas de parfaits inconnus
17   je cassais les dents de l'escroc
j'arrachais à ses crocs la proie.

18   «Je mourrai dans mon nid
       pensais-je
mes jours seront des grains de sable
19   ma racine boira les eaux
la rosée tiendra sur mes branches
20   ma gloire avec moi renaîtra
l'arc sera neuf entre mes doigts.»

21   On m'écoutait
       on espérait
tous se taisaient pour entendre mes suggestions
22   ils n'avaient rien à ajouter à mes paroles
je distillais sur eux mon verbe
23   ils espéraient en moi comme en la pluie
bouche bée pour l'ultime averse
24   je souriais
       ils n'osaient y croire
ils ne ternissaient pas l'éclat de mon visage
25   je choisissais pour eux
       je siégeais à leur tête

je logeais comme un roi au milieu de la foule
pour apporter le réconfort aux endeuillés.

Et maintenant[111] ils rient de moi   30, 1
        eux mes cadets
eux dont je méprisais les pères
plus que les chiens de mon troupeau
— qu'avais-je besoin de main-d'œuvre   2
aux forces défaillantes ?

Dans la gêne et le manque ils raclent un sol sec   3
aride
        hier encor vaste dévastation
ils vont grimper sur les buissons cueillir l'arroche   4
des racines d'ajoncs leur tiennent lieu de pain
ils sont expulsés de nos rangs   5
on les conspue comme un voleur
ils logent au flanc des ravins   6
dans les trous crasseux
        les crevasses
ils vont braire entre les buissons   7
ou s'entasser sous les chardons
comme les fils des fous   8
        comme les fils sans nom
ils sont frappés loin de leur terre.

Et maintenant   9
        ils me citent dans leurs chansons
j'alimente leurs commérages
ils me détestent   10
        ils m'évitent

ils me crachent même au visage
11 depuis qu'il a bandé son arc et m'a blessé
rien ne les freine en ma présence
12 à droite ils sont perchés en masse
ils me font perdre pied
leurs sentiers de malheur m'arrêtent
13 ils condamnent ma route
ils savourent ma ruine
et ils le font sans aide
14 s'engouffrant dans la brèche
vautrés dans la dévastation
15 — moi j'ai basculé dans la peur
qui chasse ma joie comme un vent
et mon salut passe
un nuage.

16 Et maintenant
ma vie fond et coule sur moi
des jours blessants m'assaillent
17 la nuit me transperce les os
mes abcès ne s'endorment pas
18 débordant de force
il me fouille
me ceint comme un col de tunique
19 il me jette à la boue
je suis pareil à la poussière et à la cendre.

20 Je t'appelle
tu ne réponds pas
je me présente
tu m'examines

tu te fais plus cruel pour moi   21
ton poing serré me persécute
ton vent m'enlève et me ballotte   22
tu me dissous dans ton fracas
c'est à la mort que tu me rends   23
     je le sais bien
au rendez-vous de tout vivant.

Bien sûr il ne tend pas la main dans le désastre   24
dans les maux qu'il inflige on peut toujours crier
j'ai pleuré pour ceux qui endurent   25
mon âme a souffert pour le pauvre.

J'espérais du bonheur   26
le malheur est venu
je rêvais de lumière
la nuit est retombée
mon ventre bouillonne   27
     j'éructe
je vois venir des jours blessants
sombre je vais   28
     — plus de chaleur
je me dresse dans l'assemblée
     je hurle !

Les monstres marins sont mes frères   29
les petits d'autruche mes pairs
j'ai la peau qui noircit   30
les os brûlants de fièvre
ma harpe a des accords funèbres   31
et ma flûte un son de pleureuse.

31,1 J'ai fait un pacte[112] avec mes yeux
       pour ne pas reluquer les filles
   2 et que m'as-tu légué?
                ô très haut Éloah?
       où est ton héritage
                ô sublime Shaddaï?
   3 «calamité pour l'homme injuste
       malheur pour qui produit du vide»
                c'est bien cela?

   4 N'a-t-il donc pas scruté ma voie?
       n'a-t-il donc pas compté mes pas?
   5 ai-je marché pour le néant?
       mon pied courait-il pour trahir?
   6 qu'il me mette en juste balance:
       Éloah me saura intègre.

   7 Si j'ai quitté la route en marche
       si mon cœur a suivi mes yeux
       si du noir s'attache à mes mains
   8 qu'un autre mange mes semis
       qu'on arrache mes rejetons!

   9 Si mon cœur fut la proie des femmes
       si j'épiais la porte d'un pair
   10 que ma femme aille moudre ailleurs
       que d'autres s'allongent sur elle!
   11 — oui ce serait une bassesse
       et un acte répréhensible
   12 un feu m'aurait mordu à mort
       en m'arrachant mon revenu!

Si j'ai privé de droits l'esclave   13
la servante qui se rebelle
que faire à l'heure où Dieu se dresse?   14
que répondre à son examen?
car dans un ventre il les a faits   15
comme il m'a fait
dans le sein il nous a unis.

Ai-je dénié leurs joies aux faibles   16
laissé languir les yeux des veuves?
ai-je mangé ma part tout seul   17
sans qu'en ait mangé l'orphelin
lui qui a grandi avec moi   18
comme un enfant du même père
elle que j'ai guidée
            depuis le ventre de ma mère?
ai-je vu l'errant sans chemise   19
et le pauvre sans couverture
sans qu'il m'ait béni de ses reins   20
au chaud dans ma peau de mouton?
si j'ai menacé l'orphelin   21
à ma porte au lieu de l'aider
que mon dos perde son épaule!   22
que mon bras soit tranché au coude!

Oui la terreur m'approche   23
            du désastre divin
que puis-je contre sa grandeur?
si j'ai misé ma vie sur l'or   24
cherché refuge dans l'argent

25 me suis réjoui de ma richesse
   du pouvoir qu'a trouvé ma main
26 si devant l'éclat du soleil
   ou un clair de lune admirable
27 mon cœur en secret s'est leurré
   et leur a lancé un baiser
28 c'est un acte répréhensible
   un reniement du Dieu d'en haut.

29 Me suis-je réjoui
        du malheur de mon ennemi ?
   ai-je sauté de joie
        quand il a joué de malchance ?
30 je n'ai pas souillé mon palais
   en jetant un sort sur sa vie
31 — ne disait-on pas dans ma tente
   que tous avaient eu de ma viande ?
32 l'étranger couchait-il dehors ?
   — j'ouvrais ma porte au voyageur.

33 Ai-je
        comme Adam
                tu mes crimes
   pour cacher ma faute en mon sein ?
34 par peur des rumeurs de la foule
   craignant le mépris des familles
   suis-je muré dans le silence ?

35 Qui veut bien m'écouter ?
   voici mon dernier mot
   et que Shaddaï réponde[113]

des charges de mon procureur
— je les porterai sur l'épaule   36
je m'en tresserai des couronnes
je lui dénombrerai mes pas   37
je l'approcherai comme un roi.

Si ma terre se plaint de moi   38
si ses sillons pleurent en chœur
si je l'ai vidée sans profit   39
si j'ai ruiné ses occupants
que les chardons chassent le blé   40
et que le chiendent chasse l'orge !

C'est tout pour les paroles de Job.

Les trois hommes cessent de répondre à Job. De **32,** 1 Les trois
fait, il est juste à ses propres yeux. Mais la colère 2 Mais
monte au nez d'Élihou[114]. C'est le fils de Barakeel le
Bouzite, du clan de Ram. Sa colère monte contre Job, 3 Sa colère
qui se dit plus juste que Dieu. Sa colère monte contre
ses compagnons, qui n'ont pas trouvé la réplique,
n'ont pas reconnu Job coupable. Élihou a gardé pour 4 Élihou
soi les mots qu'il destinait à Job. C'est que les autres
sont ses aînés, ont vécu plus de jours. Mais il voit bien, 5 Mais
Élihou, que la réplique ne viendra pas de la bouche
des trois hommes. Et sa colère monte.

ÉLIHOU   6
fils de Barakeel le Bouzite
répond

Moi j'ai vécu peu de jours
et vous vos cheveux sont blancs

j'ai donc filé doux
    n'osant
vous exposer mon savoir
7 je me disais que vos jours
    allaient nous parler d'eux-mêmes
    que ces années si nombreuses
    nous transmettraient leur sagesse
8 il n'en est rien :
      c'est le souffle
  et lui seul
      chez les mortels
  c'est l'haleine de Shaddaï
  qui fait le discernement
9 les vieux n'en sont pas plus sages
  ni les vieillards sûrs du droit
10 — à mon tour d'être entendu
  et d'exposer mon savoir.

11 J'ai compté sur vos paroles
  j'ai suivi vos réflexions
  tant que vous cherchiez vos mots
12 je m'en suis remis à vous
  mais quel procureur de Job
  capable de lui répondre
  s'est élevé parmi vous ?
13 direz-vous qu'il vous suffit
  d'avoir atteint la sagesse ?
  que c'est à Dieu de le mettre
  en déroute
  et pas à l'homme ?

Nul ne m'a soufflé mes mots   14
votre discours
    je l'écarte
car vous ne répondez pas   15
et les mots justes vous manquent
j'attends :   16
    vous ne parlez plus ?
vous restez donc plantés là ?
vous n'avez plus rien à dire ?
bien   17
    j'y vais de ma réponse
j'expose aussi mon savoir
car en moi les mots se pressent   18
mon ventre étrangle mon souffle
il est comme un vin bouché   19
une outre fraîche
    il éclate
je vais parler pour souffler   20
je vais l'ouvrir et répondre
je refuse de juger   21
en fonction de la personne
ou de flatter un humain
comment le ferais-je ?   22
    ensuite
mon auteur me reprendrait.

Job   33, 1
    entends plutôt mes mots
suis bien toutes mes paroles
regarde   2
    j'ouvre la bouche

ma langue y forme des sons
3 ils me viennent droit du cœur
   j'ai un savoir clair aux lèvres
4 le souffle de Dieu m'a fait
   Shaddaï vit dans mon haleine
5 voyons si tu me tiens tête :
   prêt ?
              prépare ta défense !

6 Comme toi je suis à Dieu
   comme toi
              pincée d'argile
7 je ne peux t'intimider
   mes poussées te sont légères
8 mais j'ai tes mots à l'oreille
   et j'entends encor ta voix :
9 « je suis pur et sans offenses
   innocent de toute faute
10 or il me cherche grief
   il me traite en ennemi
11 contraint mes pieds comme un cep
   surveille tous mes chemins. »

12 Je te réponds :
              tu as tort
   car Éloah nous dépasse
13 à quoi bon l'incriminer ?
   pourquoi veux-tu qu'il réponde
   de la moindre de ses choses ?
14 car en un sens
              Dieu nous parle

en un sens
      il nous échappe.

Dans les rêves de la nuit[115]   15
quand la torpeur fond sur l'homme
et qu'il s'endort dans son lit
il lui ouvre enfin l'oreille   16
il resserre ses principes
pour le dissuader d'agir   17
pour brider l'orgueil d'un brave
soustraire une âme à la fosse   18
une vie aux coups de lame
— il le dresse par les maux   19
qu'il lui fait subir au lit
secouant ses os sans cesse
sa vie perd le goût du pain   20
son âme perd l'appétit
sa chair s'épuise à vue d'œil   21
des os qu'il ignorait saillent
son âme va vers la fosse   22
et sa vie vers le bourreau.

Mais un envoyé suffit   23
un médiateur[116] entre mille
qui montre à l'homme sa voie
pour qu'il lui soit favorable   24
qu'il dise :
      « libérez-le !
il ne va plus dans la fosse
j'accorde une rémission[117] »
alors sa chair se reforme   25

il redevient un jeune homme
26 il s'adresse à Éloah
sa prière est exaucée
il voit sa face
      il s'exclame
justice lui est rendue
27 il chante à tous :
        « j'ai fauté !
j'ai tourné la loi
      mais lui
il ne rend pas la pareille
28 car il épargne à mon âme
de descendre dans la fosse[118]
et ma vie revoit le jour. »

29 Tu vois :
      Dieu fait tout cela
deux ou trois fois[119] pour chaque homme
30 il sort l'âme de la fosse
pour que l'illumine encore
la lumière des vivants.

31 Allons Job
      écoute-moi
tais-toi
      laisse-moi parler
32 sauf s'il te vient d'autres mots
car je veux te justifier
33 sinon
      écoute et tais-toi
je t'apprendrai la sagesse.

ÉLIHOU   34, 1
reprenant

Sages   2
 écoutez mes mots
savants
 prêtez-moi l'oreille
— l'oreille sonde les mots   3
comme un palais goûte un mets —
prenons le parti du droit   4
cherchons ensemble le bien.

Ainsi Job dit[120] :   5
 « je suis juste
pourtant Dieu bafoue mon droit
comme si je lui mentais   6
sa flèche entre et me déchire
sans que j'aie commis d'offense »
mais un héros tel que Job   7
boit l'ironie comme une eau
c'est le compagnon de route   8
des créateurs de néant
il suit les hommes du mal
il dit :   9
 « rien ne sert au brave
de plaire à Dieu »
 écoutez   10
hommes d'esprit que vous êtes :
le mal fait horreur à Dieu
et l'injustice à Shaddaï

11 il paie l'œuvre de l'humain
sévit selon son chemin
12 non
      Dieu ne fait de mal
Shaddaï ne tord pas la loi
13 qui lui confia la terre?
qui disposa l'univers?
14 s'il ravalait cœur et souffle
s'il retenait son haleine
15 toute chair dépérirait
et toute l'humanité
retomberait en poussière.

16 Sois intelligent
      écoute
suis de près mes mots
      ma voix:
17 qui règne contre le droit?
lui
      le Juste
        le Puissant
tu prétends qu'il est coupable?
18 c'est traiter un roi d'escroc
un seigneur de scélérat!

19 Les chefs n'ont pas sa faveur
il a les mêmes égards
pour le riche et pour le faible
tous sont l'œuvre de ses mains
20 soudain
      au cœur de la nuit

ils meurent
      le peuple tremble
ils sont déjà trépassés
le tyran tombe
      on se tait.

L'œil sur les chemins de l'homme   21
il voit chacun de ses pas
le noir ni les tombes d'ombre   22
ne sauraient lui dérober
les créateurs de néant
il épargne même à l'homme   23
d'être cité devant Dieu :
sans préavis il renverse   24
les puissants
      il les remplace
— c'est qu'il connaît leur service —   25
il les secoue dans la nuit
ils finissent écrasés
giflés tels des malfaiteurs   26
sur une place publique
quand ils s'écartent de lui   27
quand ses chemins leur échappent
si bien que les faibles crient   28
vers lui
      les opprimés crient[121]
vers lui
      et il les entend.

Et s'il se tient impassible   29
de quoi l'accusera-t-on ?

et s'il se cache à dessein
qui peut le percer à jour ?
pas plus un pays qu'un homme
30　— il retient l'homme insolent
cherchant à régner sur tous
et imaginant des pièges.

31　À Dieu c'est ainsi qu'on parle :
«accablé comme je suis
　　　je ne détruirai plus rien
32　apprends-moi ce qui m'échappe
que j'en aie la vision
et si j'ai été injuste
on ne m'y reprendra plus.»

33　Crois-tu que Dieu rétribue ?
tu peux toujours t'esquiver :
«c'est toi qui choisis»
　　　mais toi
que sais-tu au juste ?
　　　parle !

34　Les gens d'esprit me diront
et les sages qui m'écoutent :
35　«Job[122] a parlé sans savoir
son discours était absurde»
36　— demandons raison à Job
de ses propos de néant
37　car il joint l'offense au crime
en agitant parmi nous
ses différends avec Dieu.

ÉLIHOU   35,1
reprenant

Tu te crois fondé à dire :   2
« je suis plus juste que Dieu » ?
et :   3
    « si je n'y gagne rien
à quoi bon ne pas faillir ? »
moi j'ai de quoi vous répondre   4
à toi et tes compagnons.

Observe le ciel   5
    regarde
vois [123] combien le firmament
est plus élevé que toi
que lui font toutes tes fautes   6
tes offenses répétées ?
et crois-tu   7
    quand tu es juste
lui apporter quelque chose
tendre la main pour qu'il prenne ?
on ne fait du mal qu'aux autres   8
la justice est pour les hommes.

On crie sous tant d'oppression   9
sous le bras des grands
    on hurle
mais va-t-on dire :   10
    « où est-il
Éloah qui m'a conçu

m'a fait mûrir dans la nuit
11 nous a instruits davantage
que les bêtes de la terre
et nous a rendus plus sages
que tous les oiseaux des ciels?»
12 on crie
        il ne répond pas
à l'arrogance des brutes
13 car Dieu est sourd au néant
Shaddaï n'y a rien à voir.

14 Or tu dis ne pas le voir:
«il a devant lui ma cause
j'attends donc sa réaction»
15 et si sa fureur tardait?
s'il tolérait ta révolte?

16 Job n'a que buée [124] à la bouche
et dans son incompétence
il nous soûle de parlotes.

36,1   ÉLIHOU
          reprenant

2 Attends un peu que j'expose
ma défense d'Éloah:
3 mon savoir monte de loin
c'est à celui qui m'a fait
que je dois rendre justice
4 mes mots ne sauraient mentir
je t'offre un savoir parfait.

Voici donc : 5
    Dieu est puissant
mais il n'est pas désinvolte
— puissant de muscle et de cœur —
au méchant [125] il prend la vie 6
il défend les droits des pauvres
sans quitter des yeux le juste 7
il trône aux côtés des rois
qu'on a placés au sommet
et s'ils tombent dans les fers 8
destitués et malmenés
il leur dit leur fait 9
    leurs fautes
— et pour qui se prenaient-ils [126] ?
il leur ouvre les oreilles 10
il y met la discipline
il dit :
    « ressortez du vide ! »
et s'ils écoutent 11
    s'ils servent
leurs jours se finiront bien
leurs années seront exquises
s'ils n'écoutent pas ? 12
    eh bien
ils prendront un coup de lame
et périront ignorants
— si le cœur des insolents 13
enfermés dans la colère
ne l'appelle pas à l'aide
quand il les ligote
    eh bien

14   leur esprit sera mort jeune
     et leur vie
              prostituée.

15   Il affranchit l'opprimé
     dans son oppression
     il nous appuie sur l'oreille
     pour la déboucher
16   il peut même t'attirer
     hors de ton goulot d'angoisse
     au large
              où plus rien n'étrangle
     et faire crouler ta table
     sous les viandes grasses.

17   Si tu encours un procès
     le droit sera respecté
18   mais ne va pas
              dans ta rage
     céder à la présomption
     t'égarer en prétendant
     à trop de réparations[127]
19   te rendra-t-on ta fortune ?
     non
              tant que tu te complais
     dans le doute et les bravades.

20   N'aspire pas à la nuit
     au soulèvement des peuples
     plutôt qu'à cela :
21   garde-toi de préférer
     le néant à ta misère.

Dieu est si haut dans sa force !   22
qui oriente mieux que lui ?
qui va inspecter ses routes   23
l'accuser d'iniquité ?
célèbre plutôt son œuvre   24
que les hommes ont chantée
tout humain l'a contemplée   25
tout mortel la voit de loin
Dieu est grand   26
      inconnaissable
son âge est inconcevable
oui il condense les gouttes   27
distillées en pluie légère
quand fondent les firmaments   28
déversés sur les humains
comment se déploient les nues ?   29
et ce bruit que fait sa tente ?
il diffusa sa lumière   30
il couvrit le fond des mers
il mena ainsi les peuples   31
les combla de nourriture
— ses mains couvrent la lumière   32
il la contraint de frapper
son fracas parle pour lui   33
— sacrifions-lui[128] nos troupeaux !

Mon cœur frémit d'y penser   37,1
il martèle ma poitrine
écoutez donc :   2
      sa voix gronde

sa bouche émet une plainte
3   qui ricoche sous les ciels
en éclairs sur l'horizon
4   une voix rugit[129] au fond
de sa voix sublime il tonne
sans mesure
        sa voix sonne
5   sa voix tonne et nous étonne
car Dieu fait de grandes choses
incompréhensibles
6   à la neige il dit :
        à terre !
à la pluie :
        un peu plus fort !
7   il place un sceau sur la main
des humains pour que chaque homme
sache bien quelle est sa tâche
8   les bêtes vont se cacher
ne quittent plus leur tanière
9   du midi vient la tempête
et des noroîts vient le froid
10   d'un souffle Dieu peut geler
ou inonder les vallées
11   il enfle d'eau les nuages
que disperse la lumière
12   les ciels refluent en volutes
à ses ordres
        prêts à faire
tout ce qu'il commandera
dans l'univers et sur terre
13   pour le spectre ou pour sa terre

pour le bien
     il les gouverne

Job   14
     médite un peu cela
allons
     debout
        réfléchis
aux prodiges que fait Dieu
sais-tu comment Éloah   15
s'impose à ces éléments
et fait briller sa nuée?
comment se sculpte un nuage?   16
tous ces prodiges relèvent
des perfections du savoir
quand tu cuis sous ta tunique   17
dans ces terres qu'il apaise
soufflant depuis le midi
vas-tu cogner avec lui   18
sur les firmaments solides
comme un miroir de métal?
que voudrais-tu qu'on lui dise?   19
ne plaidons pas dans le noir!
s'il apprenait que je parle?
l'homme qui s'adresse à lui   20
n'en est-il pas terrassé?

On ne voit plus la lumière   21
qui lui dans les firmaments
le souffle est passé
les a purifiés

22   du nord vient de l'or
      Éloah s'entoure
      de splendeur terrible :
23   Shaddaï est inatteignable
      dans sa force immense
      dans son droit et sa justice
      il n'accable pas
24   c'est pourquoi les hommes
      devant lui s'inclinent
      mais lui ne regarde pas
      vers ces cœurs qui se croient sages.

38, 1   YHWH
         répond [130] *à Job du fond de l'orage* [131]

2   Qui es-tu pour noircir mes desseins [132]
     de tes mots d'ignorant [133] ?
3   ceins tes reins comme un homme
     je vais t'interroger
             instruis-moi :
4   où étais-tu quand j'ai fondé la terre [134] ?
     réponds
             toi qui te crois intelligent !
5   qui a établi ses mesures
     toi qui sais tant de choses ?
     qui a tracé sa ligne ?
6   dans quoi sont plantés ses piliers ?
     qui a posé sa pierre d'angle
7   accompagné du chœur des étoiles de l'aube
     acclamé par les fils d'Élohim au complet ?
8   entre deux parois il retint la mer
     qui sortait du sein encore bouillonnante

moi je l'ai vêtue d'un drap de nuages   9
l'ai bordée de nuit
et quand j'ai brisé sur elle ma loi   10
verrouillé ses portes et dit   11
«tu viendras jusqu'ici
tu n'iras pas plus loin»
ses rouleaux rebelles s'arrêtèrent.

As-tu jamais hâté la venue du matin?   12
sais-tu où se cache l'aurore
pour aller saisir les coins de la terre   13
et en secouer les méchants?
on la renverserait comme un sceau plein d'argile   14
une manche retournée
tout serais remis à l'endroit
les méchants privés de lumière   15
et leur bras menaçant brisé.

As-tu découvert la source des mers?   16
as-tu exploré le chaos?
la mort t'a-t-elle montré sa porte   17
as-tu vu la porte des tombes d'ombre?
as-tu embrassé l'étendue du monde?   18
tu sais tout de lui?
parle!
        où passe le chemin qu'emprunte la lumière?   19
où va se loger la nuit
pour qu'à sa lisière tu la reçoives   20
comprenant qu'elle entre ou sort de chez elle?
le sais-tu   21
        toi qui n'es pas né d'hier

toi qui as vécu tant de jours?

22   as-tu traversé les monceaux de neige
     as-tu contemplé les monceaux de grêle

23   que j'ai destinés aux temps de détresse
     aux jours de lutte et de guerre?

24   et le chemin de partage de la lumière
     et la dispersion du vent sur la terre?

25   qui creusa le lit du torrent
     le chemin des voix du tonnerre?

26   qui versa la pluie sur une terre sans hommes
     un désert sans âme qui vive?

27   étancha la vaste dévastation
     fit germer la graine de l'herbe?

28   la pluie aurait-elle un père?
     qui a conçu la rosée?

29   qui a engendré la glace
     enfanté le toit des ciels

30   les eaux tapies comme une pierre
     l'abîme aux facettes figées?

31   saurais-tu nouer le fil des Pléiades
     défaire les liens d'Orion[135]

32   sortir Vénus à l'heure dite
     guider l'Ourse avec ses petits?

33   connais-tu la charte des ciels?
     les conduis-tu depuis la terre?

34   sais-tu appeler les nuages
     pour que l'eau s'amasse au-dessus de toi?

35   obtiens-tu des éclairs qu'ils fusent
     et te disent:
            nous voici?

36   qui plaça la sagesse dans l'ibis[136]

donna l'intelligence au coq?
qui fait l'appel des firmaments   37
        dans sa sagesse
et met en sommeil les vannes du ciel
lorsque la poussière se mêle au limon   38
et que les mottes se forment?

Saurais-tu capturer les proies de la lionne?   39
donner leur pitance aux lionceaux
lovés dans leur tanière   40
à l'affût dans leur gîte?
qui fournit[137] au corbeau sa proie   41
quand ses petits implorent Dieu
quand ils errent et crient famine?

Sais-tu à quelle époque les mouflons mettent bas? 39,1
as-tu observé l'enfantement des biches?
combien de lunes dure leur grossesse?   2
à quelle époque accouchent-elles
accroupies pour livrer leurs petits   3
et calmer leurs douleurs?
elles allaitent leurs faons dans le pré   4
ils grandissent et s'éloignent
ils ne reviennent plus vers elles.

Qui lâcha l'âne en liberté?   5
qui défit les liens de l'onagre
dans la steppe dont j'ai fait sa demeure   6
son territoire salé?
il rit du vacarme des villes   7

sourd aux cris des gardiens
8 il court la montagne où il broute
puis il cherche ailleurs son fourrage.

9 Le rhinocéros vient-il te servir
et passer la nuit près de ton étable ?
10 peux-tu l'atteler le long des sillons
labourer les vallées derrière lui
11 t'en remettre à sa force immense
lui confier ta tâche
12 lui laisser retourner la terre
faucher et recueillir le grain ?

13 L'autruche a beau battre des ailes
elle n'a l'envergure ni les plumes d'une cigogne
14 elle abandonne ses œufs par terre
au chaud dans la poussière
15 oublie que le pied les écrase
qu'une bête des champs les piétine
16 dure avec ses petits comme s'ils étaient à d'autres
sans crainte elle s'active en vain
17 Éloah l'a privée de sagesse
ne l'a dotée d'aucun jugement
18 mais qu'elle se dresse et s'élance
elle rit des chevaux et de leurs cavaliers !

19 Est-ce toi qui donnas la bravoure au cheval
qui revêtis son cou de crin
20 fis qu'il s'ébroue telle une cigale
hennit dans sa splendeur terrible ?
21 dans le val il piaffe

il frétille
il se rue au-devant des armes
il rit du danger   22
    il ne frémit pas
ne recule pas devant l'épée
sur son dos le carquois résonne   23
lance et javelot étincellent
fracas   24
    frisson
        il mord la terre
le shofar sonne
    il n'y tient plus
au son du shofar il répond :   25
    aha !
il flaire au loin la guerre
la clameur des chefs
leur tonnerre.

Est-ce ton intelligence   26
qui donne au faucon l'envergure
des ailes qu'il déploie quand il va vers le sud ?
est-ce au son de ta voix que l'aigle prend son vol   27
et va percher son nid ?
il habite la roche   28
s'installe sur un pic imprenable
d'où il guette la proie   29
de ses yeux qui voient loin
sa nichée boit du sang   30
il est partout où l'on s'égorge.

40, 1   YHWH
       s'adressant à Job

2   As-tu des objections
         procureur de Shaddaï?
  qu'as-tu à répliquer
         détracteur d'Éloah?

3   JOB
       à Ywhw

4   Que dire?
      je suis trop léger
  pour m'opposer à toi
  je place ma main sur ma bouche
5   j'ai parlé une fois
  je ne répondrai plus
  je ne vais pas me répéter.

6   YHWH
       répond à Job du fond de l'orage

7   Ceins tes reins comme un homme
  je vais t'interroger
       instruis-moi:
8   as-tu l'intention de briser mon droit
  de me condamner pour te justifier?

9   As-tu un bras comme Dieu?
  et fais-tu tonner ta voix comme lui?
10   orne-toi de grandeur et de majesté
  revêts donc ta splendeur et ta gloire

répands ton trop-plein de colère   11
démasque l'orgueil
    soumets-le
démasque l'orgueil   12
    rabats-le
écrase les brutes sur place
enfouis-les toutes dans la poussière   13
bâillonne-les dans un cachot
— je serai le premier à te célébrer   14
car ta main t'aura délivré.

Voici l'Animal : Behémôth[138]   15
je l'ai fait avec toi
il broute comme un bœuf
voici la force de ses reins   16
la vigueur de son ventre dur
sa queue qu'il bande comme un cèdre   17
les muscles noueux de ses cuisses
ses os telles des coulées de bronze   18
les barreaux de fer de ses côtes
— il est le premier des chemins de Dieu[139]   19
seul son auteur lève l'épée sur lui —
l'herbe des monts pousse pour lui   20
autour les bêtes batifolent
il se couche entre les lotus   21
les roseaux du marais le cachent
les lotus le recouvrent d'ombre   22
parmi les peupliers du fleuve —
quand se met en crue la rivière   23
il n'en souffre pas
il reste impassible

fût-ce le Jourdain qui gicle à sa gueule
24 — mais on le prendra par les yeux
         par la ruse
on lui percera le museau.

25 Peux-tu harponner Léviathan[140]?
lui ligoter la langue
26 lui mettre un anneau dans le nez
percer d'un crochet sa mâchoire?
27 va-t-il t'implorer sans relâche
te murmurer des choses tendres
28 pactiser avec toi?
vas-tu l'asservir à jamais
29 pour jouer avec lui comme avec un oiseau
le mettre en laisse pour tes filles
30 le louer à tes amis
le vendre en parts à des marchands
31 hérisser de piquants sa peau
ficher le harpon sur son crâne?

32 Pose plutôt ta main sur lui
souviens-toi du combat
arrête.

41,1 Car l'espoir qu'il laisse est trompeur
le voir suffit à terrasser
2 pas une brute ne le provoque
— et moi
         qui peut se mettre en travers de ma route?
3 qui m'a fait crédit pour que je rembourse?
sous les ciels tout m'appartient.

Je m'en vais détailler ses membres   4
passer en revue ses prouesses
ses beautés
     ses appas :
qui a dévoilé les pans de sa robe   5
a franchi ses deux muselières
ouvert les volets de sa face   6
vu le bord de ses crocs terribles ?
des hauts boucliers rutilants   7
étroitement scellés
et si bien ajointés   8
qu'un souffle n'y pénètre pas
sont collés chacun à son frère   9
soudés
     inséparables
quand il tousse on voit la lumière   10
et dans ses yeux
     l'iris de l'aube
des éclairs fusent de sa bouche   11
elle éclabousse d'étincelles
la fumée sort de ses naseaux   12
cuve bouillante
     chaudron
son haleine attise les braises   13
sa bouche lance une flamme
la force est campée dans son cou   14
la fatigue le fuit
des bourrelets de chair durcis   15
le cuirassent
     inébranlables

16 son cœur est cuirassé de pierre
meule immobile
        cuirassé !

17 quand il surgit les dieux frissonnent
pris de panique
        anéantis

18 l'épée qui l'atteint ne tient pas
ni la sagaie
        ni la pierre
            ni le javelot

19 pour lui le fer est de la paille
et le bronze est du bois pourri

20 il ne fuit pas les traits de l'arc
il change en paille les jets de fronde

21 en paille les massues
rit du fracas des lances

22 piétine les tessons d'argile
s'étale en labourant la glaise

23 fait bouillir comme une marmite
les gouffres sous-marins
change en encensoir l'océan

24 et laisse un sillage luisant
— les mèches blanches de l'abîme —

25 conçu pour ignorer la peur
il n'a pas son égal sur terre

26 il voit tout ce qui est sublime
et il règne sur tous les fauves.

JOB
répond à Yhwh   42, 1

Je le sais :   2
    tu peux tout
nul ne défait ce que tu trames
qui suis-je pour masquer tes desseins sans savoir ?   3
quand je les discutais je n'avais pas compris
ces merveilles dont je ne sais rien.

Écoute-moi   4
    c'est moi qui parle
c'est moi qui t'interroge
et c'est toi qui m'instruis
je te connaissais par ouï-dire   5
maintenant que mes yeux t'ont vu
je me dissous[141]   6
    je me console[142]
dans la poussière et dans la cendre.

Yhwh a dit ces choses à Job. Yhwh s'adresse ensuite   7 Yhwh a dit
à Élifaz de Témân. «Je suis en colère contre toi et
contre tes deux compagnons. Vous n'avez pas parlé
correctement[143] de moi, comme mon serviteur Job.
Maintenant, procurez-vous sept taureaux et sept béliers.   8 Maintenant
Allez vers mon serviteur Job. Faites-vous monter une
offrande. Job, mon serviteur, intercédera pour vous.
C'est parce que je relève la face de Job que je vous
épargne la disgrâce. Vous n'avez pas parlé correctement de moi, comme mon serviteur Job.»

9 Élifaz　　Élifaz de Témân, Bildad de Shouah et Tsofar de Naama s'en vont. Ils font ce que Yhwh leur a dit. Alors 10 Yhwh　Yhwh relève la face de Job. Yhwh retourne la roue[144] pour Job, car il a intercédé pour un autre. Yhwh rend tout à Job en double.

11 Tous　　Tous les frères et sœurs de Job viennent à lui, toutes ses connaissances. Ils partagent avec lui un repas dans sa maison. Ils le plaignent. Ils le consolent de tout le malheur que Yhwh a fait tomber sur lui. Chacun donne une pièce d'argent. Chacun donne un anneau d'or.

12 Alors　　Alors Yhwh bénit l'avenir de Job plus encore que ses débuts. Il acquiert quatorze mille moutons, six mille chameaux, mille paires de bœufs, mille ânesses. 13 Il a sept　Il a sept fils, trois filles. L'une, il l'appelle Yemima. La 14 L'une deuxième, Qetsia. La troisième, Kérên Happouk. Dans 15 Dans tout le pays il n'y a pas une femme aussi belle que les filles de Job. Leur père leur laisse un héritage comme à leurs frères.

16 Job vit　　Job vit encore cent quarante ans. Il voit ses fils et 17 Et Job meurt les fils de ses fils sur quatre générations. Et Job meurt vieux, comblé de jours[145].

NOTES

1. **AU PAYS D'OUTS** Par son origine, Job n'est pas juif. Outs étant situé en Édom, au sud de la mer Morte, Job est issu d'une nation ennemie d'Israël et de Juda (voir Ps 83,7-9; Is 34).

2. **JOB** En hébreu le nom *'Iyyov* pourrait dériver de la racine *'ayav*, «être, se faire l'ennemi de quelqu'un». C'est bien ainsi, du moins, que Job se considère par rapport à Dieu: «Pourquoi te dérober et me traiter en ennemi?» (13,24). La figure de Job est devenue légendaire dans l'Ancien Testament (Ez 14,14.20), et aucun personnage historique n'a porté ce nom par la suite.

3. **UN HOMME BIEN... DROIT** Bien que non juif, Job est présenté comme incarnant la perfection des ancêtres du peuple élu (Noé, Abraham et Jacob: voir Gn 6,9; 17,1; 25,27).

4. **IL CRAINT DIEU. IL ÉVITE LE MAL** Job incarne aussi les vertus fondamentales du sage (voir Pr 3,7: 14,16; 16,6).

5. **SEPT FILS, TROIS FILLES** Le caractère légendaire du récit est accentué par le schématisme des chiffres: sept est le chiffre biblique par excellence pour indiquer la perfection ou la plénitude (voir Gn 2,3; 7,2; Ex 25,37); le cycle de «trois» (Gn 18,2; 29,34; Ex 19,16; 1 R 17,21; Os 6,2) peut marquer le caractère définitif d'une action, ou un rapport particulier à la divinité. «Mille» renvoie, au-delà de la rigueur mathématique, à l'idée de grand nombre, de multitude (voir Nb 10,36; 31,5; 1 S 18,7).

6. **MAL BÉNI DIEU** Ici comme en 1,11 et 2,5.9, le mot *barak* est employé comme un euphémisme ou avec une nuance d'ironie.

7. **JOB EST COMME ÇA** Litt.: «Ainsi faisait Job tous les

jours.» La figure de Job est non seulement idéalisée mais située comme hors du temps. Job a valeur d'exemple, de paradigme.

8. LES FILS DE DIEU Ces personnages célestes, qui deviennent des anges dans les versions grecque et araméenne de Job, forment le conseil divin, à l'instar de l'assemblée des dieux dans les régions du Proche-Orient ancien.

9. NÉGATEUR Habituellement traduit par «Satan», substantif tiré du verbe *satan*, qui, en hébreu, veut dire «faire opposition, contredire, attaquer, accuser». Les deux premiers chapitres de Job totalisent plus de la moitié des emplois du mot dans l'Ancien Testament. La traduction par «négateur» fait ressortir l'aspect fonctionnel de la figure du satan (le terme n'est pas un nom propre en hébreu), qui ne saurait avoir, au moment de la rédaction de Job, le statut d'un être maléfique quasi à l'égal de Dieu et ayant pouvoir sur l'ensemble de la création.

10. MESSAGER Le mot *male'ak* signifie simplement «messager, porteur de nouvelles». C'est très souvent le sens qu'il a dans la Bible pour désigner les émissaires envoyés par un roi auprès d'un ennemi ou d'un allié. Il en va tout autrement du *malé'ak Yhwh*, dont le rôle est de transmettre un message et souvent de rendre effective la parole annoncée. Loin d'être un intermédiaire, il est Yhwh lui-même, en tant qu'il fait connaître ses desseins et les met à exécution.

11. IL DÉCHIRE SES VÊTEMENTS Les gestes que fait Job ont tous une connotation de deuil et de pénitence et confirment son intégrité religieuse et sa foi profonde.

12. JOB EST IRRÉPROCHABLE Litt.: «En tout cela Job ne pécha point.» Après l'idéalisation de la figure de Job en ouverture du récit, l'auteur insiste pour disculper Job de toute faute et pour réfuter d'avance tout rapport d'implication entre les souffrances qu'il endure et une hypothétique faute de sa part.

13. ÊTRE FOU Le substantif *tiflâ*, rarissime en hébreu (il est de nouveau employé en 24,12 et une seule fois dans le reste de l'Ancien Testament, en Jr 23,13), dérive d'un verbe qui veut dire «agir avec folie» (6,6 et Lm 2,14). L'usage du verbe *natan*, «donner, attribuer», montre que c'est bien Dieu qui aurait pu être objet d'une telle accusation de la part de Job.

14. COMME LES DÉBILES La traduction garde l'ambiguïté de l'hébreu *nevalôt*, qui désigne aussi bien l'effondrement physique et moral dans l'épreuve (Ps 18,46) que le délire du discours (reproche adressé aux amis de Job en 42,8).

15. TROIS AMIS DE JOB Ils sont eux aussi des étrangers, venus des pays voisins d'Israël au sud, et seul le nom d'Élifaz a une consonance hébraïque. Ils n'en seront pas moins les porte-parole de la théologie et de la sagesse d'Israël.

16. IL MAUDIT SON JOUR À la différence du verbe *'arar*, appliqué à la malédiction rituelle (Dt 27,16-26), le verbe *qalal* appartient au langage domestique et traduit la protestation de gens qui se sentent opprimés : les esclaves (voir Pr 30,10 ; Qo 7,21), les subalternes et les pauvres (voir Qo 10,20). La malédiction prononcée par Job rejoint aussi celle de Jérémie (voir Jr 20,14-15). Elle est aux antipodes des propos qu'il tenait en 1,21 et il en défait une à une les affirmations tranquilles. Les v. 3-10 révoquent la bénédiction du jour de sa naissance, tandis que les v. 11-19 invoquent la mort comme une délivrance, et non plus comme l'issue naturelle de l'existence, et enfin les v. 20-24 renversent radicalement l'appréciation qu'il faisait du don de Dieu.

17. JOUR... L'ensemble du passage joue sur l'opposition jour-nuit, lumière-ténèbres et prête à Job le désir d'un retour au chaos de l'obscurité originelle, inversant l'ordre et l'activité du créateur (voir Gn, 1, 2-4).

18. ÉLOAH Nom divin caractéristique du Livre de Job (3,23 ; 4, 9.17 ; 5,17 ; 6,4.9, etc.), appartenant à la même famille que les noms, plus fréquents, *'el* et *'elohîm*, qu'Israël a hérités des peuples sémitiques voisins. L'étymologie le fait dériver d'une racine *'ol*, qui veut dire « être puissant ».

19. LÉVIATHAN Monstre du chaos primitif, appartenant à la mythologie phénicienne et ordinairement représenté sous la forme d'un serpent. Voir 40,25 ; Is 27,1 ; Ps 74,14 ; 104,26.

20. POURQUOI En hébreu, *lammah* (voir aussi le v. 20) ; interrogation typique des lamentations, individuelles ou collectives (voir Ps 22,2 ; 74, 1.11 ; 80,13 ; Lm 5,20).

21. DES ÊTRES AMERS Litt. : « aux amers de l'âme ». Le substantif *néfesh*, souvent traduit par « âme », ne désigne pas une

composante mais bien l'intégralité de l'être humain en situation de manque et de nécessité.

22. À QUOI BON DISCUTER [...] AVEC DES MOTS Les traductions, depuis la Septante et la Vulgate, oscillent entre le mode conditionnel et l'interrogation et maintiennent une certaine ambiguïté quant à l'origine du discours dont la pertinence est ici remise en cause : celui que Job vient de tenir ou celui qu'Élifaz est sur le point de délivrer ?

23. LABOUREURS... SEMEURS... MOISSON Image classique qui illustre la théorie traditionnelle de la rétribution : on récolte ce qu'on a semé (voir Os 8,7 ; Pr 11,18 ; 22,8 ; Qo 11,4).

24. UN SOUPIR D'ÉLOAH Inversion étonnante dans la bouche d'Élifaz, tenant de la théologie traditionnelle, pour qui le « soupir » de Dieu est d'abord souffle de vie (Gn 2,7).

25. UN LOURD SOMMEIL semblable à celui d'Adam et d'Abraham (Gn 2,21 ; 15,12), qui devient occasion de révélation.

26. QUEL MORTEL EST PLUS JUSTE QU'ÉLOAH ? Job se posera aussi cette question (9,2). Mais il en fera également l'enjeu de sa protestation et revendiquera sa justice jusqu'à la fin (13,18 ; 27,5 ; 40,8).

27. HEUREUX LE MORTEL QU'ÉLOAH REPREND Cette étrange béatitude est la seule qu'on trouve dans le livre. Pour le fond, elle est conforme à la sagesse traditionnelle (voir Pr 3,12).

28. SHADDAÏ Nom divin caractéristique du Livre de Job, qui revendique 31 des 48 emplois dans l'Ancien Testament.

29. IL FAIT SOUFFRIR MAIS PANSE LES PLAIES La polarité des expressions (« fait souffrir » — « panse » ; « démolit » — « guérissent ») indique que rien n'échappe à l'action divine (voir Dt 32,39 ; 1 S 2,6.7 ; Os 6,1) et sert à exprimer, dans la pensée biblique, une conviction aux antipodes du fatalisme.

30. SIX COUPS... LE SEPTIÈME Séquence numérique ascendante, bien attestée dans la sagesse biblique (voir Pr 30,15-29, où l'on trouve les séquences trois et quatre ainsi que quatre et cinq), l'idée étant d'attirer l'attention sur le dernier élément. Le sept étant associé à la plénitude, Élifaz exprime la conviction que Dieu sera toujours là pour délivrer le juste de toute détresse qui pourrait l'affliger.

31. QUE L'ON RÉPONDE... La phrase est introduite par l'expression hébraïque : « Qui me donnera (que) », équivalant à un optatif.

32. SAINT Seul emploi comme titre divin dans le livre. Le mot *qadôsh* souligne la dimension d'altérité, de transcendance plutôt que de perfection morale.

33. DÉSIR permet de rendre l'hébreu *néfesh*, qui réfère à l'être humain en tant qu'être de désir.

34. INSTRUISEZ-MOI Verbe *yarah*, d'où vient le mot *tôrah*, « enseignement, instruction (voir 22,22).

35. DÉLIRE Verbe *shagah*, « errer », d'où dérive l'adjectif *meshougah*, désignant la folie.

36. MORTEL Le mot *'enôsh* est plus fréquent dans le Livre de Job que dans tout autre écrit de l'Ancien Testament (5,17 ; 7,1.19 ; 9,2...). Il renvoie à la condition vulnérable de l'humanité et à la distance par rapport à Dieu. En utilisant ce mot, l'auteur accentue la dimension universelle de la figure de Job.

37. AU BAGNE [...] MERCENAIRES Ici et au chap. 14 (v. 6.14), Job dresse un tableau particulièrement sombre de la condition humaine en utilisant un vocabulaire lié à la pratique des travaux forcés et de l'asservissement.

38. RAPPELLE-TOI Demande classique des prières collectives et individuelles (voir Dt 9,27 ; Jg 16,28 ; Ps 25,6.7) équivalant à une demande d'intervention et de délivrance.

39. SOUFFLE Le mot *rûah*, habituellement lié aux forces vitales, est ici synonyme de fragilité et d'évanescence (voir aussi v. 11).

40. TROU L'hébreu a ici le mot *she'ôl*, ce lieu souterrain où tous les morts ont rendez-vous et se retrouvent, justes et injustes, dans une forme d'existence diminuée, hors de la présence divine.

41. VISIONS Les visions nocturnes, source de révélations pour Élifaz (4,12-16), deviennent pour Job source d'épouvante et de terreur.

42. S'ÉVAPORENT rend le mot *hével*, typique de l'œuvre de Qohélet, et habituellement traduit par « vanité ». Loin d'être une

abstraction philosophique, le terme, en hébreu, évoque quelque chose de concret et de fugace : souffle, vapeur, buée, fumée.

43. CE MORTEL... Dans les versets qui suivent, Job reprend, souvent à contresens, le langage des Psaumes. Il tire ici des conclusions contraires à l'optimisme exprimé par le psalmiste (voir Ps 8,5.6).

44. GENDARME DES HOMMES Job ironise de nouveau sur l'attitude de Dieu. Le titre de gardien est habituellement appliqué à Dieu pour souligner sa sollicitude envers les croyants (surtout Ps 121), tandis que Job l'interprète comme une surveillance indésirable.

45. LE DROIT Job se sait engagé dans une procédure juridique contre Dieu et il entend revendiquer son droit.

46. SI TES FILS... Bien que Job ait tout fait pour intercéder pour ses fils et bien que le prologue ne fasse aucun lien entre une faute des fils de Job et leur mort, Bildad expose ici un autre volet de la théorie traditionnelle de la rétribution.

47. SANS MARAIS... Nouvelle image pour décrire le lien de cause à effet entre l'injustice et la ruine.

48. PROCÈS (*rîv*, en hébreu) traduit bien la démarche de Job vis-à-vis de Dieu (voir 10,2 ; 12, 8.19 ; 23,6...). Si le peuple a pu tenter parfois une démarche semblable (voir Ex 17, 2.7 ; Nb 20, 3.13), Job est le seul individu à s'y risquer.

49. CHOSES QUI M'ÉCHAPPENT Job reconnaît les limites de sa sagesse. Thème récurrent de la littérature de sagesse : « Les voies de Dieu sont insondables » (voir Jb 28 ; Si 1,1-10 ; Ba 3,29-31).

50. RAHAV Nom symbolique de l'Égypte (Is 30,7 ; 51,9 ; Ps 87,4 ; 89,11), pays que l'auteur semble connaître particulièrement bien (voir la description de Behémôth et du Léviathan, ces monstres marins de la région du Nil, chap. 40 – 41).

51. IL ME GAVE D'HERBES AMÈRES Inspiré de l'expérience douloureuse de l'exil telle que reflétée dans le livre des Lamentations (voir Lm 3,15), source importante pour le rédacteur final de Job (voir Jb 19).

52. J'AFFIRME [...] QUI ? Ces propos préparent ceux de Qohélet sur la vanité de la sagesse et de la vertu (Qo 2).

53. JOUER LES OPPRESSEURS Dans son escalade verbale contre Dieu, Job atteint ici un sommet : les oppresseurs sont condamnés sévèrement dans la législation d'Israël (Lv 5,21.23 ; 19,13 ; Dt 24,14) et dans la prédication des prophètes (Is 30,12 ; Jr 6,6 ; 7,6 ; Am 4,1).

54. TU M'AS TISSÉ Métaphore de la formation de l'être humain (voir Ps 139,13) et peut-être aussi de la sagesse (voir Pr 8,23).

55. COUVÉ MON SOUFFLE Même verbe *shamar*, « garder », que Job avait utilisé de façon péjorative en 7,20.

56. JE VOIS TES ARRIÈRE-PENSÉES L'hébreu entretient l'ambiguïté au sujet des intentions divines, jadis bienveillantes à l'endroit de Job et, pour l'heure, impitoyablement inquisitrices.

57. POURQUOI [...] TOMBEAU Job revient au discours de sa lamentation initiale (3,11-16).

58. TOMBES D'OMBRE L'hébreu *tsalmawet* appartient au vocabulaire typique du livre, qui compte plus de la moitié des 18 emplois du mot dans l'Ancien Testament (voir aussi 3,5 ; 12,22 ; 16,16 ; 24,17, etc.). Il signifie littéralement « ombre de mort » et désigne des contrées périlleuses (Ps 23,4 ; 44,20) et privées de salut (Is 9,1 ; Jr 2,6 ; 13,16 ; Am 5,8).

59. MAIS [...] MER Anticipation des discours divins en 38-39.

60. L'AMI RIT [...] DIEU Job dénonce de nouveau l'irréalisme de la théorie traditionnelle de la rétribution : le juste est objet de dérision, tandis que l'impie vit impunément et sans inquiétude.

61. DEMANDE AUX BÊTES DE T'INSTRUIRE... La sagesse s'appuie sur l'observation du monde créé et demeure essentiellement positive dans son appréciation de la vie.

62. À LUI [...] IVRE Hymne à la sagesse divine, dont le ton contraste avec la protestation de Job.

63. PLAIDER CONTRE DIEU Le verbe *yakah* peut être associé au processus d'éducation (il a été traduit par « reprendre » en 5,17 et par « reprocher » en 6,25.26), ou évoquer l'argumentation dans une discussion d'ordre juridique (comme le substantif correspondant, v. 6 : « réquisitoire »).

64. QUE VOUS L'AVANTAGIEZ En hébreu, l'expression « lever la face de quelqu'un » a souvent le sens péjoratif de « faire preuve de partialité » (voir Lv 19,15; Dt 10,17; Ps 82,2; Jb 32,21; 34,19).

65. CET HUMAIN... L'ensemble du chapitre reprend et radicalise les propos pessimistes de Job sur l'existence humaine (cf. chap. 7).

66. FLEUR Métaphore de la brièveté de la vie humaine (voir Is 28,1; 40,6-8; Ps 37,2; 90,6; 103,15).

67. LE PREMIER HOMME Litt.: « le premier adam ». L'expression est unique dans l'Ancien Testament, les références à l'adam des origines étant extrêmement rares en dehors des premiers chapitres de la Genèse (1 – 11). Pour le sens, voir Dt 4,32 et Sg 10,1.

68. TOURNER CONTRE TON DIEU TON SOUFFLE Le mot *rûah* prend parfois le sens de « colère, animosité » (voir Jg 8,3; 9,23; Is 25,4; Qo 10,4; 1 Ch 5,26).

69. HORREUR Rarement aura-t-on entendu, dans l'Ancien Testament, un point de vue aussi pessimiste sur la condition humaine, à l'exception de Ps 14,3 et 53,4.

70. IL M'A DÉJÀ DÉFAIT La traduction retenue considère le mot *keèvi*, « douleur, mal », comme sujet du verbe. Les v. 7-11 sont difficiles, en raison surtout de l'ambiguïté des pronoms et de l'imprécision de l'antécédent auquel ils réfèrent.

71. DOMAINE Sens peu fréquent du mot *'èdâ*, habituellement traduit par « conseil, assemblée ».

72. SOIS MON PARRAIN Le verbe *'arav* signifie « agir comme tuteur, comme protecteur » (voir Gn 43,9; 44,32; Is 38,14; Ps 119,122).

73. TOPER LA MAIN Geste de solidarité et d'approbation (voir Pr 6,1; 17,18; 22,26).

74. AU PARTAGE Phrase énigmatique, mais dont le sens général est d'illustrer une fois de plus l'inadéquation et l'impuissance de l'amitié devant la souffrance. L'euphorie des rencontres d'amitié ne peut rien contre la souffrance des proches.

75. ON AVAIT FAIT CHEF Certaines versions optent pour

une vocalisation différente de la racine *mashal* et traduisent par
«fable». Avec le texte massorétique, il paraît préférable de rete-
nir l'infinitif du verbe qui veut dire «commander, dominer».

76. DÉGOÛT Ailleurs dans l'Ancien Testament, le mot n'est
employé que comme nom propre, pour désigner une partie de
la vallée de la Géhenne (voir 2 R 23,10 ; Jr 7,31.32 ; 19, 6.11-14).

77. MES JOURS [...] REPÉRER ? Reprise de la lamentation
du chap. 3.

78. IL A BORDÉ... L'ensemble du chap. 19 puise largement
dans le livre des Lamentations. Le v. 8 paraît bien avoir été inspiré par Lm 3,7-9 : «Il m'enferme d'un mur... J'ai beau crier,
appeler au secours... Il emmure mes chemins...»

79. GRAVÉS L'innocence de Job mérite d'être gravée tout
autant que la faute de Juda au moment de l'exil (voir Jr 17,1).

80. JE LE SAIS... Les versets 25-27 sont sans doute les plus
difficiles de tout le livre et les plus diversement interprétés
depuis les versions anciennes.

81. RACHETEUR Le statut du *go'èl*, défini en Lv 25,47-54,
est fondé sur les liens du sang et implique à la fois des droits et
des devoirs concernant le rachat des biens de quelqu'un, ou le
mariage, et même la vengeance du sang. Il est appliqué à Dieu,
racheteur d'Israël dans le contexte de l'exode (Ex 6,6) et du
retour d'exil (Is 40–66) ou, comme ici, s'agissant de la délivrance d'un individu (voir Ps 19,15 ; 72,14 ; 103,4).

82. TOUT AU BOUT L'hébreu a l'adjectif «dernier, ultime»,
associé lui aussi, chez Isaïe, à la figure du Dieu racheteur (Is
44,6 ; 48,12).

83. IL VA SE DRESSER Dans le texte hébreu, c'est Dieu, et
non Job (comme dans la Vulgate), qui est le sujet du verbe.
Appliqué à Dieu, le même verbe est utilisé dans le contexte de
certaines théophanies (voir Is 28,21 ; Ps 68,2).

84. DE MA CHAIR La préposition peut être interprétée de
façon inclusive (depuis ma chair, dans ma chair) ou exclusive
(hors de ma chair).

85. JE TE CONTEMPLERAI [...] DE MES YEUX L'espérance de Job sera comblée à la fin du livre, une fois que Dieu se
sera manifesté à lui (42,5).

86. MES ENTRAILLES ME TIRAILLENT Litt. : «mes reins». Les émotions de Job et sa volonté de vivre sont à la fois exacerbées et menacées de s'éteindre.

87. À L'ORIGINE L'ÊTRE HUMAIN FUT PLACÉ Réminiscence de Gn 2,8.

88. SUPERCHERIE Le mot *ma'al* suggère une attitude sacrilège envers Dieu (voir Nb 31,16 ; Esd 9,2.4 ; 1 Ch 9,1).

89. FAUTE Les accusations d'Élifaz sont en contradiction flagrante avec la présentation de Job faite dans le prologue et, plus encore, avec les protestations d'innocence de Job luimême, et avec le portrait hautement altruiste qu'il trace de lui-même aux chap. 29 – 31.

90. INSTRUCTION Seul emploi du mot *tôrah* dans Job. L'enseignement des sages s'appuie sur l'expérience et sur l'observation de la réalité plus que sur l'instruction reçue de Moïse et des lévites (voir Pr 3,1 ; 4,2 ; 6,20).

91. DE SON ENCEINTE Mot rare dans l'Ancien Testament. L'un des deux autres emplois du mot se réfère à la configuration du Temple (voir Ez 43,11).

92. DÉPLOIERAIS Le verbe *'arak* a une forte connotation militaire. Il suggère les préparatifs d'un combat, d'un affrontement ou d'un débat.

93. LÀ... LÀ Le lieu où Dieu réside (v. 3 et suiv.).

94. ORDRE Tout comme pour le mot *tôrah* en 22,22, c'est le seul emploi du substantif *mitswâ*, habituellement lié à la législation sacerdotale et deutéronomiste.

95. DÉSIR La *néfesh* n'est pas exclusive à l'être humain et, bien que rarement attribuée à Dieu, elle est mise en relation avec des émotions intenses qu'éprouve Dieu pour son peuple (Is 1,14 ; Jr 5,9.29, 6,8 ; 9,8 ; 14,19).

96. DES TEMPS MEILLEURS L'hébreu emploie ici le mot *'èt*, à distinguer de *zemân*, terme plus générique pour désigner le temps quantitatif, mesurable. Le mot *'èt* indique, quant à lui, le «moment, l'occasion» (voir surtout Qo 3,1-8).

97. IL PREND... La protestation de Job englobe celle qu'on retrouve habituellement chez les prophètes en faveur des groupes

sociaux les plus menacés : l'orphelin, la veuve et le pauvre (voir Is 1,17 ; 10,2 ; Jr 7,6 ; 22,3).

98. FOLIE Voir note 13.

99. QUE L'ASSASSIN... Le portrait que Job brosse des impies souligne principalement leurs infractions au Décalogue et au code de l'Alliance qui en découle : meurtre (Ex 20,13) ; vol (Ex 20,15) ; adultère (Ex 20,14) ; mépris de la veuve (Ex 22,21).

100. L'HOMME... Reprise des propos déjà tenus par Élifaz (4,17 ; 15,14) et par Job lui-même (9,2).

101. VER MORTEL... CAFARD Allusion possible à la chute du roi de Babylone, à propos duquel on trouve la seule autre application de cette double image dans l'Ancien Testament (Is 14,11).

102. REFAÏM Seule mention dans le livre de ces géants légendaires de la Transjordanie (voir Gn 14,5 ; 15,20 ; Dt 2,11.20).

103. TRAÇANT... Évocation de l'action créatrice de Dieu (voir 9,8). L'évocation se poursuit jusqu'au v. 12, avec l'assignation d'une limite autour des eaux et la création des ciels.

104. SERPENT FURTIF Autre référence aux origines (Gn 3).

105. POÈME Le mot *mashal*, employé ici, a un sens très large en hébreu : « Fable, parabole, proverbe, poème, satire ».

106. VIVE DIEU Formule usuelle pour prêter serment (Jg 8,19 ; 1 S 14,39.45 ; 19,6 ; 20,3), mais que Job emploie ici de façon ironique.

107. ICI... Ce poème a tout d'une pièce ajoutée, aussi bien par le ton et le vocabulaire que par la difficulté de l'intégrer de façon logique dans le discours de Job ou de l'un des trois amis.

108. CRAINDRE LE MAÎTRE L'usage de *'Adonaï*, dont c'est la seule occurrence dans tout le livre, confirme le caractère adventice de la conclusion, de même que le cliché sur l'accessibilité de la sagesse par la crainte du Maître et la fuite du mal, qui annule ou dilue les affirmations très fortes des versets qui précèdent.

109. JOB BRANDIT... Les chap. 29 – 31 sont d'une composition remarquable, qui mène habilement de l'évocation du bon-

heur passé de Job (chap. 29) à l'autodisculpation générale (chap. 31), laquelle succède elle-même à la plainte au sujet de la misère présente de Job (chap. 30). Ils constituent, selon les dires de Job, son «dernier mot» (31,35), son ultime plaidoyer, et viennent conclure, selon les indications des rédacteurs (31,40), les discours de Job amorcés au chap. 3.

110. QUI ME RENDRA... Le chap. 29 fait fonction d'anamnèse. Les v. 2.4.5. font explicitement référence au passé, et la presque totalité des verbes est à l'accompli pour décrire la situation passée de Job. On trouve ici la description la plus détaillée de tout l'Ancien Testament du bonheur d'un individu. L'ensemble du chapitre exprime la fierté de Job et la conscience du bonheur exceptionnel (prestige et influence, service et engagement social, espoir de renouvellement, etc.) dont il a pu jouir avant ses épreuves.

111. ET MAINTENANT... Le chap. 30, caractérisé par le triple «et maintenant» (v. 1.9.16), a tout d'une plainte individuelle. On est aux antipodes de la fierté exprimée dans le chapitre précédent, et Job rejoint ainsi les psalmistes (Ps 6 ; 7 ; 26 ; 86), pour qui l'exposé de la situation présente est un argument fondamental dans la plainte adressée à Dieu.

112. J'AI FAIT UN PACTE... Le chap. 31 se présente comme une autodisculpation quasi exhaustive. Job s'y livre à un vibrant plaidoyer, sous la forme d'un serment d'innocence. Dix-sept versets sur quarante commencent par une automalédiction conditionnelle («Si j'ai fait telle ou telle chose...») et se terminent par une protestation d'innocence. À noter, dans ce chapitre, la prédominance du vocabulaire juridique et judiciaire : «fraude, intégrité, punir, juge, litige, enquête, tribunal», etc.

113. QUE SHADDAÏ RÉPONDE À la différence des plaintes individuelles des Psaumes, le plaidoyer de Job, au lieu de se conclure par un appel explicite à l'aide, se termine par un défi audacieux, où Job joue son va-tout : «Voici mon dernier mot et que Shaddaï réponde !»

114. ÉLIHOU Nom qui signifie «Mon-Dieu-(c'est)-lui». De tous les personnages présentés jusqu'ici, il est le seul à avoir des origines juives. Le nom de son père est juif et signifie «Bénédiction de Dieu». Le long monologue d'Élihou (six chapitres à lui

seul, soit plus que chacun des trois amis) a tout d'une pièce ajoutée tardivement au livre. Le personnage n'est mentionné ni dans le prologue ni dans l'épilogue. Il est le seul à avoir sa propre notice d'introduction incluant, à la différence des trois amis et de Job, une généalogie. Job ne lui donne d'ailleurs pas la réplique, et la conclusion du chap. 31 appellerait tout naturellement le discours de Dieu. Cela dit, les chap. 32 – 37 font partie de l'économie actuelle du livre et semblent justement destinés à préparer l'intervention divine, en insistant notamment sur la souveraine liberté de Dieu manifestée dans sa création.

115. DANS LES RÊVES DE LA NUIT La première partie du verset fait écho aux propos d'Élifaz (4,13).

116. MÉDIATEUR La fonction du *mèlîts* est celle du médiateur ou de l'intermédiaire qui permet à deux parties de se comprendre (Gn 42,23 ; Is 43,27).

117. RÉMISSION L'hébreu a le substantif *kofér*, «compensation, rémission), de la même racine que *kapporét*, «propitiatoire» (Ex 25,17-22), cette partie de l'arche d'alliance devant laquelle le grand prêtre préside chaque année le rituel du Grand Pardon (Lv 16), qui devait donner plus tard naissance à la fête du Yom Kippour.

118. IL ÉPARGNE [...] FOSSE Espoir maintes fois exprimé par les psalmistes (Ps 16,10 ; 30,4 ; 103,4).

119. DEUX OU TROIS FOIS Séquence numérique semblable à celle qu'on trouve en 5,19 (voir note 30), et dont le sens est aussi d'exprimer une certitude inébranlable quant à l'intervention salvatrice de Dieu.

120. AINSI JOB DIT... Versets 5-9 : citation libre des propos de Job (voir les chap. 6 ; 7 ; 16).

121. LES FAIBLES... LES OPPRIMÉS CRIENT Élihou s'exprime de nouveau dans un langage fortement apparenté à celui des Psaumes (voir Ps 34,7.16.18 ; 72,12-14 ; 86,1 ; 142,7).

122. JOB Élihou est le seul à apostropher Job par son nom (33,1.31 ; 37,14) ou à le nommer (34,5.7 ; 35,16), alors qu'il semble s'adresser à un cercle plus large que celui des trois amis («les gens d'esprit... et les sages», 34,34).

123. OBSERVE... REGARDE... VOIS Processus typique de

l'apprentissage des sages, lié à l'observation de la création et de l'existence humaine (voir Pr 6,6 ; Qo 1,10 ; 2,1 ; 7,14.29 ; 9,9).

124. BUÉE Selon le sens concret de *hével*. Voir note 42.

125. AU MÉCHANT... La traduction des versets 6 à 21 demeure conjecturale.

126. POUR QUI SE PRENAIENT-ILS ? Litt. : « Ils se sont posés en héros. » La conjugaison employée en hébreu a parfois cette nuance de « prétendre ».

127. TROP DE RÉPARATIONS Litt. : « abondance de réparation ». Ce dernier mot traduit le substantif *kofér* (voir note 117).

128. SACRIFIONS-LUI Verset énigmatique diversement rendu dans les traductions. Litt. : « Il raconte (sur) pour lui, son bruit — un troupeau, oui, pour offrande. »

129. UNE VOIX RUGIT Image empruntée au prophète Amos (Am 1,2 ; 3,8), qui fut le premier écrivain biblique à oser l'appliquer à Dieu.

130. YHWH RÉPOND... Le premier discours de Dieu, placé à l'enseigne de la dispute juridique avec ses questions rhétoriques et l'auto-glorification de Yhwh, relativise le caractère anthropocentrique de la création (38,26), et fait apparaître une ordonnance qui, pour être contestée par Job (38,2), n'en est pas moins réelle et ressortit à une logique de gratuité et de liberté de la part de Dieu. On notera le retour en force du tétragramme, pratiquement inusité depuis le prologue, à la seule exception de 12,9.

131. ORAGE C'est le même mot qu'on retrouve en 2 R 2,11 pour le vent qui élève Élie auprès de Dieu, en Ez 2,4 pour l'apparition en gloire de Yhwh et en Za 9,14 pour une théophanie de salut.

132. DESSEINS Le mot *'ètsâ*, que la Septante traduit par *boulè* (« volonté, dessein, projet »), renvoie en effet à une dimension d'ordre, que Job reconnaît en principe à l'agir divin (12,13) mais qui lui semble contredite par les faits (12,14-25).

133. TES MOTS D'IGNORANT Les questions posées par Dieu viseront notamment à faire admettre à Job les limites flagrantes de son savoir (38,4.18.33).

134. J'AI FONDÉ LA TERRE Le verbe est typique pour décrire l'action créatrice de Dieu sur la terre (voir Is 48,13; 51, 13.16; Am 9,6; Za 12,1; Ps 78,69; 102,26; 104,5).

135. PLÉIADES... ORION Voir 9,9. La seule autre mention des Pléiades dans l'Ancien Testament se trouve dans une hymne au Dieu créateur (voir Am 5,8).

136. L'IBIS est, dans la littérature égyptienne ancienne, l'emblème de la sagesse. Dans sa liste des animaux, l'auteur se plaît à souligner la fantaisie de la création et retient de façon particulière les animaux qui échappent à la domestication par l'homme.

137. QUI FOURNIT... Thème apparenté à Ps 147,9.

138. L'ANIMAL : BEHÉMÔTH Le nom *Behémôt* est un pluriel, qui peut désigner, par antonomase, «l'Animal». Les caractéristiques de cet animal font naturellement penser à l'hippopotame, qu'on trouve en Égypte plutôt qu'en Israël.

139. IL EST LE PREMIER DES CHEMINS DE DIEU Tout comme la sagesse (voir Pr 8,22).

140. LÉVIATHAN Voir note 19. Ses traits rappellent le crocodile qui peuple les eaux du Nil.

141. JE ME DISSOUS Verset diversement interprété dans l'exégèse récente. L'ambiguïté du verbe *ma'as* permet de traduire par «mépriser, rejeter»: Job exprimerait alors un désaveu, mais on se demande bien de quoi (puisque le verbe est sans objet) et ce qu'il advient de ses véhémentes protestations. Mais le même verbe peut se traduire aussi bien par «dépérir, fondre, se dissoudre»: Job reconnaîtrait qu'il est à bout de ressources et d'arguments et qu'il n'entend pas poursuivre le débat.

142. JE ME CONSOLE Le verbe *naham* est lui aussi ambigu. Jusqu'ici (2,11; 7,13; 16,2...), il a été traduit par «consoler». Mais il a aussi le sens de «se repentir, regretter» (Gn 6,6; Ex 13,17; Jr 8,6; 31,19). Traduit selon ce dernier sens, le verbe exprimerait une volte-face complète de la part de Job. L'usage de la préposition «dans, sur» invite plutôt à garder le premier sens (voir Gn 24,67; 38,12; 2 S 13,39; Jr 31,5; Ez 31,16).

143. CORRECTEMENT traduit le participe passif féminin du verbe *kûn*, «former, faire, établir». Au passif, ce verbe signi-

fie «être certain, vrai, crédible» (voir Dt 13,15; 17,4; Os 6,3; Ps 57,8; 112,7). La Septante et la Vulgate ont traduit par un adjectif signifiant respectivement «vrai» et «droit».

144. RETOURNE LA ROUE Rend à la fois l'image et la répétition de la racine *shûv*. L'expression est souvent appliquée à Dieu, qui change la destinée de son peuple (voir Dt 30,3; Jr 29,14; 30, 3.18; 31,23; 32,44).

145. VIEUX, COMBLÉ DE JOURS À l'instar du patriarche Isaac (Gn 35,29) et du roi David (1 Ch 23,1; 29,28).

Avertissement   7
Introduction   13

JOB — *LIVRE DE JOB*   17

Notes   117

LA BIBLE
Nouvelle traduction

Genèse
TRADUCTION DE FRÉDÉRIC BOYER ET JEAN L'HOUR.

Exode
TRADUCTION DE FRANÇOIS BON ET WALTER VOGELS.

Lévitique – Nombres
TRADUCTION DE MARIE BOREL, JACQUES ROUBAUD ET JEAN L'HOUR.

Samuel 1 – Samuel 2
TRADUCTION DE JEAN ECHENOZ ET PIERRE DEBERGÉ.

À paraître en avril 2004

Livre d'Isaïe
TRADUCTION DE PIERRE ALFERI ET JACQUES NIEUVIARTS.

Lamentations – Paroles de Jérémie
TRADUCTION DE FRANÇOIS BON, JEAN-PIERRE PRÉVOST ET LÉO LABERGE.

Livre de Job
TRADUCTION DE PIERRE ALFERI ET JEAN-PIERRE PRÉVOST.

Livre d'Ézéchiel
TRADUCTION DE MARIANNE ALPHANT, MARC DUBREUCQ ET MAURICE ROGER.

À paraître en octobre 2004

Les Psaumes

TRADUCTION D'OLIVIER CADIOT ET MARC SEVIN.

Proverbes

TRADUCTION DE PIERRE ALFERI ET JEAN-JACQUES LAVOIE.

Évangiles (dont *Lettres de Jean*) et *Actes d'apôtres*

Matthieu : TRADUCTION DE MARIE-ANDRÉE LAMONTAGNE ET ANDRÉ MYRE.

Marc : TRADUCTION D'EMMANUEL CARRÈRE ET HUGUES COUSIN.

Luc : TRADUCTION DE PASCALLE MONNIER ET PIERRE LÉTOURNEAU.

Jean : TRADUCTION DE FLORENCE DELAY ET ALAIN MARCHADOUR.

Lettres de Jean : TRADUCTION DE FLORENCE DELAY ET ALAIN MARCHADOUR.

Actes des Apôtres : TRADUCTION DE PASCALLE MONNIER ET DANIEL MARGUERAT.

Lettres de Paul

Lettres aux Romains : TRADUCTION DE MARIE DEPUSSÉ ET ALAIN GIGNAC.

Lettres aux Corinthiens : TRADUCTION DE FRÉDÉRIC BOYER ET HUGUES COUSIN.

Lettres aux Galates : TRADUCTION DE MARIE DEPUSSÉ ET ALAIN GIGNAC.

Lettres aux Éphésiens : TRADUCTION DE FRÉDÉRIC BOYER ET MICHEL GARAT.

Lettres aux Thessaloniciens : TRADUCTION DE JEAN-LUC BENOZIGLIO ET ANDRÉ MYRE.

Lettres à Thimothée : TRADUCTION DE FRÉDÉRIC BOYER ET ANDRÉ MYRE.

Lettre à Tite : TRADUCTION DE FRÉDÉRIC BOYER
ET ANDRÉ MYRE.
Lettre à Philémon : TRADUCTION DE JEAN ECHE-
NOZ ET DANIEL MARGUERAT.
Lettre aux Hébreux : TRADUCTION DE JEAN-LUC
BENOZIGLIO ET JEAN-PAUL MICHAUD.

Composition Interligne
Impression Novoprint
à Barcelone, le 9 mars 2004
Dépôt légal : mars 2004

ISBN 2-07-030182-6./Imprimé en Espagne.